我一定要去寻找，就算无尽的星辰令我的
探寻希望渺茫，就算我必须单枪匹马。

——［美］艾萨克·阿西莫夫

鲲鹏
青少年科
幻文学奖

太阳熄灭

岑叶明 著

中国大百科全书出版社　知识出版社

图书在版编目（CIP）数据

太阳熄灭 / 岑叶明著 . -- 北京：中国大百科全书
出版社 , 2025. 1. -- （鲲鹏科幻文学奖丛书）.
ISBN 978-7-5202-1661-6

I. I247.5

中国国家版本馆 CIP 数据核字第 2024NX7640 号

TAIYANG XIMIE

太阳熄灭

岑叶明　著

出 版 人　刘祚臣
策 划 人　姜钦云　张京涛
责任编辑　李现刚
责任校对　王云霞
封面设计　罗　艳
美术编辑　侯童童
责任印制　吴永星
出版发行　中国大百科全书出版社　知识出版社
地　　址　北京市西城区阜成门北大街 17 号
邮　　编　100037
网　　址　http://www.ecph.com.cn
电　　话　010-88390725
印　　刷　文畅阁印刷有限公司
开　　本　710 毫米 × 1000 毫米　1/16
字　　数　174 千字
印　　张　12.5
版　　次　2025 年 1 月第 1 版
印　　次　2025 年 1 月第 1 次印刷
书　　号　ISBN 978-7-5202-1661-6
定　　价　45.00 元

目 录
CONTENTS

序　幕

　　飞行车越过高坡，密密麻麻的结冰大楼迎面而来。楼顶刺进铅色的云层。

　　此时此刻，地球上这座最伟大的城市寂静无声。

　　男人下车，闯进冰雪丛林，身形被黑色的保暖衣衬得很魁梧，黑靴压得地面咔咔响。他也是从老人口中得知更老的人说过的事：在遥远的过去，这里是人类的科技、经济、文化中心，最辉煌时常住人口超十五亿，被称为"人类永不暗淡的明珠"。可太阳还没完全熄灭，造成的气候紊乱就让这里无法生存，连沉降的价值都没有，曾经的文明象征在极寒的拥抱下成为生命禁区。

　　"冰原狼，幸会。"

　　他闻声停下脚步，另一个造访者也到了。

　　对方和他一样，全身黑，戴防护头盔，声音被过滤。他们上前拥抱在一起，仿佛久别重逢的故友。实际上，两人是第一次见面。

　　两人并排走着，来到一片空旷地带。资料显示，这里曾是公园。公园对他们而言是古老而陌生的概念，听说地表还适合居住时，会留一些空地专供人们游玩。为了美观，这里会种上各种各样的植被。那时候，植物还能从泥土里长出来，真令人神往啊！空地尽头出现一抹绿色，让这座城市透出些难得的生机。他们向着绿色走去。靠近后，绿色投影关闭，有个黑衣男人走了出来。

"冰原狼，天鹰，我是土龙，"被处理过的声音掩盖不住他的热情，"我等你们很久了，欢迎来到地火9号。"

接下来，两位造访者跟着代号为土龙的男人走进密集的大楼，再进入一座不显眼的建筑，不断走楼梯下行，越走越狭窄、曲折。下了四五百米，到达比较开阔的圆柱形空间，正中有一扇高大的门，另外两边有小门，两个穿着厚重保暖衣的士兵守在门前，手里拿着宽大的衣服。土龙说那是恒温服。

他们穿好衣服，门从中间打开。一部铁色内壁的电梯出现了。

电梯平稳下坠了几分钟，冰原狼以为到了，没想到还要换乘。结果他们前前后后总共换乘了五次，每个节点都有人看守，看守穿的衣物越来越薄。他们到达最后一层电梯时，看守只穿着一件薄薄的衬衣，证明温度升高了很多。

冰原狼走在最后，呼吸有些急促。倒不是因为热，是因为恒温服可以感应他们体表的温度，平衡到设定数值。

他想到的是因为缺氧，地下空气稀薄，还有就是重力加大了。

他们走出电梯，转了几个弯，来到一座观景平台。冰原狼走到最前，撞上护栏才停下脚步。他透过护目镜凝视眼前的开阔空间，上层是晴朗的蓝天，白云缓缓飘动，有一条恐怖的裂缝，工人正驾驶着飞行器修补。下层是森林、溪流和草原，藏在一个个巨大的半透明罩中，他知道这些植物是真实的，和上层用巨幕模拟的天空不一样。世界的边缘一半是横上云天的山峦，另一半是无穷无尽的大海，这些景物是虚拟的，不过没有关系，肉眼分辨不出，感觉上很真实。

世界中央，最大的半透明罩中，上百座建筑正在动工，巨大的起重机挥舞巨臂，机器人夜以继日地忙活着……这还是个残破的世界，是还需要修修补补的世界，是他们日思夜想的梦中世界。

　　冰原狼伫立在世界边缘，凝望许久，像一座沉默的黑石像。

　　他身后的那两个男人没有作声。

一

"地球全域广播通知，明日起，日照时间微微下调二十分钟，持续七日。"女广播员的声音温和甜美。日照时间极其珍贵，这扰乱了很多人的计划，愤怒的民众忍不住去网上骂骂咧咧。减少二十分钟叫微调，增加三分钟叫暴涨，语言艺术被天上那群人玩透了。

骂归骂，什么也改变不了，地面的诉求传不到天上。

岑木木也挺苦恼，只能和她重新约定见面时间，说公司规定每天要工作四个小时。其实，每天跑两个半小时就可以了，只是跑到四个小时有奖励。况且他也不是很想见面，只是受不了母亲的软磨硬泡，想快点应付过去。

"独立懒猫"没回复，或许睡着了？长夜漫漫，寒冷寂静，睡这么早不太可能。听说日照时间还有十多个小时才过去，世界没有这么寒冷，人们常在深夜出门逛街，吃喝玩乐，甚至不穿衣服都出汗——能在夜里出汗，那种生活想想就令人心情愉悦。

过了两个小时，岑木木仍没睡着。

左后脑勺又疼了。偏头痛，三年前开始的，从偶尔发作到经常发作。痛得微乎其微，影响不大，又无法忽略，很折磨人。他辗转反侧，拿起手机看了一下，"独立懒猫"回了个表情，看不出来同意与否。他不想理会，打开和"爪牙"的对话，对方也没有回复，或许她在忙？那个世界应该挺忙的。他随便进入一个社交软件游荡，很多人都在讨论日照时间的下调。他也发表了一些自己的"见解"，再跟别人互动，时而平和时而暴躁，时而善良时而凶恶，过一下子又什么都不记得了。

"小丫头"发来信息：我的未完成的过去，从后边缠绕到我身上，使我难于死去，请从它那里放了我吧。

他回信息，问："是诗？"

"小丫头"回复了一个可爱的全息熊猫表情包，说是公元时代的诗人泰戈尔的诗。她说，泰戈尔所处的时代还没手机，没网络，这些诗是用纸流传下来的。他知道什么是纸——植物纤维制作的片状物，用一种叫笔的东西把信息刻在上面，天上那些城市的博物馆里有。他知道她想分享，他只是假装不知道。她发来语音讲解，关于纸这种工具从产生到普及再到被淘汰的历史，又说到她对这句诗的理解，再说到泰戈尔的其他诗。

她语气温和，他听着听着，思绪如淤泥散开在清水中，睡了过去。

他睁开眼，头痛又发作了，他缓了一下才坐起来，昨晚调迟二十分钟的闹钟还没响，生物钟却急着唤醒他，分秒不差。

洗漱完，还有些时间，看了和"爪牙"的对话框，仍旧没回复。"小丫头"的语音倒是很长，他没听，怕听着听着又睡过去。天没亮，出不去，他不知道要干啥，在房间里游荡，想省电，关了供暖系统，过三五分钟就寒气透骨，做了几个俯卧撑，跳了一下，想以此御寒，可是温度下降得太快了，他不得已又打开了供暖系统。

母亲的房间空荡荡的。他发现被子叠得不太好，便荡开重新叠。从他刚懂事起，母亲就教育他要把被子叠整齐。他问，为啥非要叠整齐？母亲也说不出来，编造的各种理由都很牵强，不过他还是学会叠好，并当成生活习惯。

太阳刚出来，地面还没回温，他就穿上厚重的铝衣，套多一双袜子，开着租赁来的陈旧地面车开始奔波。寒气透过车壳，再透过铝衣侵蚀他的骨肉，车载空调的供暖系统毫无作用。冷点儿没啥，只是方向盘上的双手特别僵硬，需要轮流舒展，以保持血液流通，好在路上人不多。

他的工作是配送热能储备介质，简称热储配送，和送外卖一个性质。可是，热储配送员们不喜欢别人叫自己送外卖的，因为送外卖的很多是兼职，配送热储介质是正式工。

地球环境恶劣，居住空间越高，热量越不足，御寒成了生活中最重要的事。现在日照时间突然下调，需要热储介质的家庭暴增，工作量大，绩效也相应地得到提高。如此想来，大家厌恶的事，对他却有暂时的好处。

现在他太需要钱了。

辛苦在所难免，尤其他这种使用简陋运输工具的，需要依靠纯体力装卸货物。有的人住在高层，没有电梯，配送人得一步一步爬上去。热储单个最轻二十斤，他最多每次扛四个，没上几层就累得气喘吁吁。

配送热储，接触的人多，也遇上过许多事。第六天爬楼时，救援队从大楼中庭吊下两个冻成冰雕的年轻人的尸体，他好奇，去问了情况，工作人员嘀咕说身份不明，应该是背井离乡又好吃懒做的一对情侣——现在的年轻人大都消极，不愿意拼搏，没有克服困难的勇气，觉得死是最好的解脱。另一个工作人员插嘴说，也可能是很勤奋的人，只是找不到工作，机器人快要取代我们了。

七日过后，日照时间被调回来，他终于有空闲的时间约她了。对方同意明天见一面，只用文字答复，看起来很冷漠。冷漠就冷漠，他无所谓，完成母亲布置的任务就可以了。第二天跑完四个小时，他马上赶去约定的地方。

对方似乎也只把见面当成任务。他们没有寒暄，而是单刀直入地问答。

"住的什么房？"

"地面房。"

"打算买沉降房吗？"

"不打算。"

"呃，地面房也还勉强吧……供暖等级多少？"

"管道三级供暖。"

"那就是基本供暖。"

"还算过得去吧。"

"有其他人一起住吗？"

"我妈。"

"如果我们结婚……"

"和谁结婚她都必须跟我住。没商量。"

"那你有车吗？"

"你问的是飞行车还是地面车？"

"有飞行车更好。"

"没有。"

"地面车是什么牌子？"

"也没有地面车。"

"那我们可能不太合适。"

"是的。那么，我可以和你合个影吗？"

"为什么？"

"要跟我妈交差。"

照片里的她笑得很难看。

拍完照，对方头也不回地走了，显然对岑木木非常失望。

岑木木对她也没啥期望，她和母亲描述的完全不是一个人，不论年龄、长相，还是性格，只有名字对得上。她评价自己的家庭时，语气那么失望……地面房，管道三级供暖，虽然不如沉降房，但比很多住在高层的好多了，起码不用完全依赖热储。这是母亲辛苦半辈子拼来的避风港，在她眼中竟然成为交往的筹码。对话用了不到五分钟，来回行程却耗光了可支配的所有日照时间，要不是为这没意义的事，他还可以看个日落。

入睡前，"爪牙"回信息了：笑死我了，你又去相亲。要是放在以前，我宁愿相信他们大发善心把太阳照射时间延长两个小时，也不相信不可一世的岑木木要去相亲。不过，既然你妈让你去，你就顺着她呗。她只是让你试试，不是强行决定你的生活。如果像我妈那样逼我，那就太可怕了，还好你妈不是这样的人。我这个假期不打算回去，要跟老师去扶桑水城做巨型结构研究。你记得扶桑水城吗？第一座全水域太阳城，那里的人都生活在水中，已经通过基因诱导长出了鳃、鳞和蹼，真神奇。我最近在做课题，挺忙的，回复信息可能不太及时。

岑木木看了两遍信息，有点失落。不过，这也在他的预料之中，"爪牙"五年都没回来，往后五十年也不太可能回来。她过去最大的期望就是离开这个太阳都照不到的地方。

他打出长长的回复，删了，又重新打了一段：我妈就是太着急了……听她的呗，不然她又赌气。我妈啥都好，就是喜欢叽叽喳喳，真是服了她了。

他发出去，想了想，又发了一句：听说你妈身体也不太好。

他刚发送就后悔了。这段信息她最快也要八分钟才能收到，可已经撤不回来了。他本来不想说这事，又觉得要说，说出来又觉得不应该说。她肯定不想理她母亲。果然，她很晚都没回复。她心里肯定比自己矛盾。他感到思绪混乱，偏头痛又发作了。他打开和"小丫头"的聊天对话框，她今天竟然没发诗句。

小丫头：你妈每天都数着日期，说再有三天就能见你啦！

木头：有啥好数的。

小丫头：你还嫌弃？都不知道我多羡慕你。

木头：羡慕啥？你把她认作自己妈得了。

小丫头：我倒是想。

母亲以前说过，要是有苗喵喵这样的闺女，她做梦都能笑醒。不过，她拒绝小丫头认自己作干妈，说自己这个带绝症的身体，会影响她找另一半。岑木木不喜欢母亲说这种颓废话，却又不知道怎么制止。她没说错，地球目前还没办法彻底治疗冰寒症。医生说，这种病主要是太阳照射时间短，地球气候改变造成的，但具体的病理极其复杂，地球的医疗水平有限，只能通过住院养护延长生命。从以往的病例来看，就住院养护的效果而言，个体差异较大，幸运的人能活几十年，不幸运的可能恶化——但不住院养护的话，肯定会恶化，身体大概率会突发低温而死。

"天上那群人或许有能力把这种病研究透。"医生的厚嘴唇一张一合，呼出的气体化成白雾四处荡漾，"可是他们每天被太阳晒得皮肤冒烟，怎么会生这种病呢？"

言外之意，天上那些人不可能花费精力研究这种病。其实，他们曾说过要派医疗人员下来帮助地球，政策文件早就到了，却一直没有落地。在肉眼可见的未来，地球上只有这种勉强能称为治疗的办法。

每月有一天假期，岑木木几乎都用来陪母亲了。他生活中最大的事，就是努力工作，省吃俭用为母亲凑够养护费用。起初，母亲不同意他这样做，和岑木木拗了很久。不论岑木木温柔，还是愤怒，抑或带有强迫地劝说，她都不同意住院，觉得这是浪费钱财，更是浪费他的人生。直到他眼泪唰唰流下，咬着嘴唇一句话不说，她才顺了儿子的意。

母亲住院太久了很无聊，心思便全都放在岑木木身上，整日念叨着让他找个人结婚，生个孩子。念叨久了，岑木木不回信息，她就在他去看她的时候继续念叨。念叨到他同意相亲为止，她便到处寻找资源，每个月安排他去看一个相亲对象，见面后汇报情况，比小时候监督他写作业还要严格。

听了这次汇报，向来平和的母亲也忍不住气愤："她以为她家啥情况我不知道？竟然还嫌弃我们……"话是跟岑木木说，却看着苗喵喵，后者不断点头表示同意。母亲继续念叨，上个月夸那女时多用心，现在就数落得就多刻薄。

岑木木表面装作不开心，心里却为自己汇报时的添油加醋感到满意，要是以前，这个不行了，母亲会马上给他安排下一个，看来这个月可以轻松一些了。

苗喵喵从去年开始在这家医院工作，大多时候住医院宿舍，偶尔回家住。平日都是由她照看母亲。今天她放假，但没有趁难得的日照时间出去晒晒，也来医院。母亲和她聊得来，聊各种事，像早在二十年前就是形影不离的闺蜜。

今天，母亲和苗喵喵又聊欢了，岑木木得以出去透透气。

天上巨大的吹云机轰轰作响，把云朵驱离城市上空，让炽烈的阳光洒落地面。清洁机器人在地上、楼顶忙活，把冰块打包运走，防止其吸热融化。不远处的大楼发出噼噼啪啪的声响，楼体上巨大的冰层裂开，坠落，不一会儿，大楼延出一个个透明平台，翠绿的农作物抓紧时间进行光合作用。大自然裸露的冰冷泥土已不适合作物生长，被改造过的摩天大楼成了主要的农业载体，每天都要趁着太阳照射时让作物沐浴阳光，晚上再把作物收回楼体养育，第二天大楼又是一条巨大的冰棍。他之前想去那里工作，可惜专业不匹配，如果不选天体物理学，按照以前的分数选个地球所需的专业，现在肯定是很抢手的人才。

他漫无目的地溜达，无意间看见神经科的半透明全息导向牌，想起了自己的偏头痛。他怕这是什么要紧的病，便稀里糊涂地走到咨询台，得知做检查很快，也没啥人排队，就是收费不少，要两天的工钱。他自然心疼，可又想到要是自己真出事，母亲无依无靠怎么办？咬咬牙，还是花点钱吧。

医生看过检查单，说没啥大问题，病因是精神紧张和劳累过度，接着问要不要开点儿药。家里已经有一个吃药的人了，他果断拒绝，接过装在袋子里的检查单，慢慢往住院大楼晃去。沿途遇见很多患病住院的人，眼里都没有什么光亮——他早习以为常，活在地球这种地方，就算不生病，眼里也没有光亮。

苗喵喵突然打来电话，叫他赶紧回去，语调激动。

他心中一沉，身体射过几道长廊、百来阶楼梯。

他冲进病房，看见母亲坐在床上，长长舒了一口气。他立马平静下来，问发生了什么。母亲流着泪，将事情原委告诉了他。他的心再次沉下去，赶紧穿上衣服，看了一眼苗喵喵。她点点头，意思是今天会帮忙照看母亲。他三步并作两步，匆匆离去。

苗喵喵发现了他遗落的袋子，出去追他，却只见他匆忙离去的背影。

二

赵芽望着讲台上的背影发呆，讲台在教室正中，同学们坐在四周，各种课堂概念以全息影像的方式悬浮。台上和蔼的老教师是她能接触到的最厉害的人，据说他的弟弟是太阳政府的高官，闲云城市长，在这庞大世界里也算得上是举足轻重的人物。她不知自己为何能被他选进扶桑水城项目，这次入选让她看到了留下来的希望。

收到岑木木的消息，她心头一紧，眼神移不开手机屏幕，被老师点了名，才把注意力收回来。

李守光老师问她在玩什么。她举起手机，惹出一阵窸窣的笑声。

太阳人很难理解地球人怎么还在用这种五千多年前就有的老古董。

太阳世界比较普遍的个人设备是"脑机"——安装在眼球壁，使用视觉神经和脑电波操控的微型计算机。

脑机其实也不算很高的科技，但既方便，又能美化眼睛，对刚来到这里的地球人来说很新鲜。赵芽是个例外，她很难接受身体里有异物，觉得是种难以言说的冒犯，哪怕这种计算机的重量和体积均不及一片指甲。她甚至还听说有些太阳城的人一半是血肉，一半是机器，想想就浑身不自在，那样的人还算是人吗？

老师拿起她的手机，认真观摩了一下，告诉大家，这种轻薄的延展机器在过去是伟大的科技结晶。老师继续跟大家解释，以前的手机和现在的手机虽然都叫手机，但从构造上不算是同一种东西，虽然作用还是一样。就像现在的上课和以前的上课的地方都在教室，但以前可没有全息生态、记忆增强仪、同感器这些东西——其实，在太阳世界，他们这样的教室也算是落后的。

老师说完，把手机还给她，这场冒失的插曲就算过去了。

下课后，赵芽追上老师，向他道歉。老师笑着表示不碍事，她又提出想请假。听到和去扶桑水城的时间冲突，老师让她再考虑考虑，毕竟是难得的机会。这种级别的课题顺利完成的话，很有可能会成为得到正式工作的敲门砖。

"我母亲死了。"

老师停下脚步看她，见她很平静，想要说的话只凝结成"节哀顺变"。

夏风老师听说了这事，可能觉得她需要安慰，马上放下手头的工作过来陪她。他帮她走完请假流程，把她送到太空站，送她上了飞船。飞船起飞不到十分钟，他还发了一段长长的话安慰自己，从历史到文明的高度解释死亡的必然，最后才说节哀顺变。

节哀顺变……她需要节哀吗？她不太懂。

接到岑木木的消息后，她有点恍惚。谈不上很悲伤，更多的是种难以言说的模糊情绪。过去很多年，她试图引导这种情绪找到落脚点，却始终无所适从。

对的，无所适从……面对生活突变的无所适从。

飞船上只有她和另一队人。她从他们的对话中得知，他们要去地球管理局工作，话语中尽是对未来的悲观。对于他们这些太阳人而言，去地球和下地狱没啥区别。他们中有个人跟她搭话，以为她是同行的，听说她要回地球奔丧，便没了热情，草草聊几句便离开了。

身为地球人，赵芽早已习惯这种突然丧失的热情。

飞船飞了两天，在地球轨道停留了五个小时，其间送走其他人，等太阳照射到地球后才穿过大气层，把她送到熊猫市。

她的视线透过舷窗俯视这座结冰的城市，她感到恍惚，想起很多年前和岑木木最喜欢干的事就是一大早爬上某座高楼，看从天而降的飞船，幻想着有一天能坐飞船离开。这是极其危险的事，因为得赶在太阳消失前跑回地面，否则会被随着黑暗而来的寒冷夺走生命。

此时此刻，城市中肯定也有很多人在抬头观望这座远道而来的庞然大物。它巨大又精致，威武且梦幻，彰显着太阳城的强盛。还有机会去太阳城的人在对它的仰望中充满期待，没有机会上去的人满是悔恨，当然也有人假装不屑一顾，或者发出愤怒的唾骂。

赵芽走在空旷的航站楼中，途中只有必要的关卡有工作人员，和太阳城人满为患的太空站简直天壤之别。听说很久以前，地球和太阳互通时，这里也人挤人。工作人员远远见到她，便站起身等待，检查时恭恭敬敬。她走出大门，很多穿着厚重服装，脸冻得通红的少年孩童在观望，仿佛她是什么稀奇物。自己曾经也是他们中的一员，她记得那种感觉，每个人都充满神秘感。

岑木木为了接赵芽，破天荒洗了车，换了坐垫套，放了一盘养在瓶子里的观赏植物。这些准备有点多余，她没心思在意这些。飞船很舒适，经历长途旅程的她并不疲倦，只是不太想说话。如果只是单纯地回来度假，她肯定对所有人都很热情，哪怕装也要装出来，可是现在自己唯一的亲人死了，像有一张厚重的潮湿的蒙布盖在头上，太热情似乎不妥。自己要怎么做？她没经历过这样的事，有些迟钝、茫然。

她突然想起来要感谢岑木木帮忙处理母亲的后事。

岑木木大大方方地说没啥，请假很容易，然后让她放心，自己会帮她安排好。

岑木木也是第一次做这样的事。他曾想象过母亲会走到这一步，衍生出各种情绪，每一次都要花好大精力走出来。那天收到噩耗，他马上赶去赵芽家，她的母亲安静地躺在床上，已永远离开了这个世界。打电话的女邻居说往日都见她出来晒太阳，今天竟然一点动静都没有，叫了很久没人，叫来男人破门，看到了这一幕。接着，她又悲叹这真是个可怜女人，死的时候连个陪伴的人都没有。他想到自己作为赵芽最好的朋友——如果她在太阳城没有更好的朋友的话——应该帮她处理她母亲的后事，母亲也是这样想。他记得以前给一户办丧事的人家送过热储，似乎有一个什么团队在现场忙活。那个团队统一穿着黑色制服，后背有白字，戴白帽，他想了很久想不出，在地图上输入"丧事"，出来一个门店，他去到那里，得知可以包办葬礼服务，马上掏了钱订购。

车窗外的大楼往后退去，楼体上的冰像融化的蜡烛。五年过去了，曾经发生过的很多事已成了模糊的记忆，能记住的只有那些情绪。赵芽的内心被凿开过一口深井，那些情绪在无数个夜里涌出来，撕咬着、拉扯着自己。

那是她最难以启齿的事，自己最亲的人，那个叫作母亲的女人，是她人生前二十年浮在头顶最重的阴云。如果能给她换一个母亲，她宁愿太阳马上熄灭。去到太阳城后，她多次试图淡化过去的感受，告诉自己成长是学会与亲人和解，那个女人即便做错了很多，毕竟是自己的亲生母亲。这些自我暗示并未取得预设的成效，反而助长了她内心的矛盾。脑子里生出两个喊着"原谅"和"决断"的小人儿，日日夜夜争吵，令她不堪其扰。

问题始终没得到解决，否则她也不会五年没回来，如果不是这场突如其来的死亡，再过十年她可能都不想再次踏上这片土地。

岑木木在母亲的叮嘱下忙前忙后，配合安葬团队完成流传了数千年的殡葬仪式，安顿每位在仅有四个小时的白天还能抽空来吊丧的人。他母亲为这事从医院回来，像张罗自家事一样认真、仔细。在过去，他母亲暗中诅咒过这个死去的女人，希望她半夜睡着的时候因供暖系统瘫痪而被活活冻死，或者出门被楼上掉下的冰块砸死，但随着时间的流逝，恩怨化为雾水，消散在太阳照耀的地方。

葬礼很体面，如果非要挑点毛病，那就是赵芽的态度。在地球文化中，葬礼在一定程度上脱离了传统的观念，却依旧是隆重的送别仪式。永别至亲之人，往往悲恸得不能自己，哪怕没那么痛苦也要装出来。如果做得不好，旁人的指责将及时到来。不论世界如何变化，都难以撼动世俗的强大，闲言碎语仍有致命的力量。

赵芽不知道要怎么做，即便知道也不想遵守。她装不出来。在反反复复的矛盾、纠葛中，她明白了，对于过去那些真实发生的事，自己无法用虚伪的情绪去掩盖。那个女人确确实实是个不值得原谅的人。自己如果会妥协，会回头，最大的可能是遗忘——遗忘是时间能给予人最温顺的良药。

她回来参加这场葬礼，就像参加一场模拟的学术讨论，或听一节无聊的课，必要时才说两句，其他时候都是沉默地坐在角落里。

她脑海里没怎么想关于母亲的事，这些事过去已经想得够多了。

为了不陷入矛盾的旋涡，她学会在心里构建一道防火墙，只要想到有关母亲的事，就会用尽各种办法将注意力弹开。从刻意到习惯，现在已练得炉火纯青。她的关注点多在岑木木身上，这个以前大大咧咧的玩伴，现在已经是能独当一面的大人，真令人惊讶，原来一个人五年的变化能有这么大。

早在很多年前，大家都享受年轻的叛逆时，赵芽和岑木木就在为天考做准备。天考是地球每年一度的考试，最优秀的那批人可以进入太空城读书，足够优秀的可以留在上面工作，是地球去到天上最便捷的通道。但这只是相对其他上去的方式而言便捷，竞争仍旧非常惨烈，常有人因为考不上去觉得人生无望，跳楼自杀。很多人都骂通过天考去太阳城的人是"地球的叛徒"，但如果自家有人考上，便立即觉得是改变人生、光宗耀祖的大好事。

为了摆脱那个女人，赵芽拼命学习，想到可以去太阳世界，与她再无瓜葛，便充满了动力。岑木木则不一样，他想上去是要实现自己的人生价值。那时候的他是最意气风发的少年，似乎不怎么学习都能考出令他人望尘莫及的成绩，没有人怀疑他以后必能成就大事。

其他时间，岑木木多用来辅导赵芽，帮助她克服对数学的恐惧，帮助她的成绩慢慢提高。那是克制、压抑的年月，她能感受到懵懂的内心徒然生出许多情愫，只是还没达到目标，需要埋头奋进。天考成绩出来后，她终于能去到梦寐以求的地方，人生有了新的开始，一切充满希望。他当然也不出意地外考上了。她和他提前去到太空城，疯玩了几十天。他们知道彼此的心意，都在等待一个机会。

她想，如果他不开口，自己就会主动。

那时的她无法想象未来的人生中没有他。

不到两个月，岑木木便收到母亲确诊冰寒症的消息。天考只能为自己取得上去的资格，他没办法留生病的母亲在地球上孤苦伶仃，便毅然选择回去，哪怕前程尽毁。

转眼五年过去了，赵芽试着回想那时的情绪。失望自然有，不过她改变不了什么，只能理解他的选择。他的母亲是个很好的人，她无数次幻想那也是自己的母亲，那样的话，她也可以心甘情愿地留在地球上。

有相爱的亲人陪伴，即便太阳熄灭，又何足畏惧？

岑木木回到地球后，只剩她在太阳城，举目无亲，孤独至极。她没办法回头，她的人生只能向前。她试着慢慢习惯，刻苦学习，丰富自己，为永远留在那里做准备。

并非通过天考就可以留在太阳城，他们得到的只是临时学生身份，行动被限制在闲云城，去其他地方需要审批，在规定的八年时间内找不到工作，就会被遣送回地球。只有部分太阳城愿意接纳来自地球的人，大多数太阳人对地球人有偏见，觉得地球是落后人种的聚集地。不过，也有太阳人觉得地球人和他们没什么本质区别，只是地球的生活环境太差，孕育出来的人没那么优秀——即便同样优秀，他们也会优先选用太阳人。工作岗位有限，通过天考的那些"天之骄子"仍需要经历激烈的竞争。

这次去扶桑水城做项目是个好机会，赵芽学的是巨型结构学，选修太阳学，和这个研究息息相关。再者，这是李守光老师亲自带队的项目，他是这方面的顶尖人才，有很大概率出成绩。有了拿得出手的成绩，再拿到工作，是水到渠成的事情。太阳人虽然骄傲，自觉比地球人优秀，但面对真正出成果的人才，哪怕是从流亡城市来的，他们也会敬佩。因此，赵芽想着葬礼结束就回去，或许还赶得上。

赵芽还是少女的时候，喜欢写些多愁善感的文字，其中她认为最好的一句铭记至今：生活就是从一次失望走到另一次失望，从这场遗憾奔向那场遗憾。她觉得自己从这句话里窥探到了命运，或者构成自己给自己施下的诅咒。如今又将灵验——面对再一次可以改变命运的机会，却被母亲的葬礼和冷飓风困在地球上。

太阳照射时间不规律，造成地球气候紊乱，失去了过去季节分明的特征，以冷为主调，掺杂各种极端恶劣天气。天气预报说，这次冷飓风将会持续五个小时，没有完全与日照时间重叠，但是飞船不愿意下来接人，要延迟一天才能走。

岑木木送来两块热储，正在嗡嗡嗡地工作。

他明知道自己连一块都用不完。

外面冷风呼啸，房间里还算暖。她忽然想到过去这五年，肯定是岑木木在照顾那个女人，给她白送热储，否则按照她那个德行，估计早冻死了。他以前占据自己内心绵软的地方，现在又对自己有恩……她想着等她找到正式工作后，要把这些钱还给他。不过，她又想到，这样做太生疏，所以等她有了钱，她要帮助他治疗他的母亲。

天气预报说是冰夹雨，提醒人们注意防范，尤其不要在外停留。

冰夹雨是极其可怕的天气，密集的雨点混杂稀碎的冰粒，能把人活活淋死，这样的惨案经常发生。不过，天气预报的提醒显得多此一举，在房里的人不需要提醒，在外面的人又听不到提醒。

这雨唤醒阴暗的记忆……赵芽试图启动脑子里的防火墙，把回忆略过，却失败了。

此时的场景构建得太过恰到好处，仿佛真的回到了过去，成年的她能看到儿时的自己在这狭窄的房间里被母亲各种呵斥、辱骂，甚至殴打。她没有一次不想逃出去，打开门就冲出去，冲进这些雨和冰中，用死亡的代价对那个女人来一次猛烈的反击。想想就很爽快，可每次都只限于想想。外面的雨与冰像极了狰狞的母亲，她没有勇气从一种恐惧奔向另一种恐惧。

这个世界真的黑暗又寒冷。

回忆令她不可自拔，身体忍不住颤抖，抱紧头颅才好受点。更多回忆继续涌出来，情绪陷入自我塌陷，内心的深井被凿得更宽、更深。猛烈的敲门声把她拉回现实。她以为是幻觉，认真听了一下，发现真的有人在敲门。

三

门被冷风撕开，男人携着厚重的寒气进来，衣服上挂着的冰块咔咔作响。屋子的气温立即降低。岑木木听到警报，以为供暖系统出了什么问题，母亲的身体可受不了。他推开被子，跳下床，赤脚跑出卧室，突然刹住脚步。

他愣了一下，低头从男人身边走过，把门关上，转身走回卧室。

"木木。"母亲唤了一声。

岑木木从房间出来，拿了一件厚外套，挂在母亲背上，又回卧室。

那个男人不应该回来，埋在被子里的岑木木心想，他永远都不应该回来，自己和母亲活得挺好……也不是特别好，母亲患病了，可那又怎么样？难道他回来母亲就能被治好吗？自己过去或许期待过他回来，希望一次次落空，期待都变成了怨恨。

想到过去因为这个男人不在家里发生的种种，岑木木情绪烦躁。母亲叫了很多次，他才起床出去。他暗暗提醒自己，出去是不想让身体不好的母亲生气，不是想见他。客厅并不大，太大也不好，供暖困难。

男人脱了外套，被母亲挂在卫生间，外套上的冰融化成水，落在地板发出滴滴答答声。

男人风尘仆仆，满脸沧桑，比上次回来老了很多。

"很多人说上面的生活很好，看来也不怎么样。"岑木木去过上面，知道上面确实很好，只是忍不住出言嘲讽。

"我马上就要走了，你要好好照顾你母亲。"

岑木木觉得这话刺耳，问道："你自己都没做到，怎么教育起我来了？"

坐在沙发上的男人抬头看了看岑木木，眼中似乎有千言万语，却没说什么。

"岑、木、木。"母亲一字一顿，声音严肃，像小时候他犯错时教训他的语气。

岑木木不怕顶撞母亲，只是不忍心让她生气。母亲是很好的母亲，他对谁都可以展现坏脾气，唯独对母亲不可。可他又忽略不了内心的怨气，便坐在凳子上，板着脸不说话。

母亲明白岑木木的心思，也责怪不了他。她引开话题，告诉男人这里一切都好，不用太担心，没说自己的病。

岑木木几次欲言，都被母亲用温和的目光劝了回去。

男人问了些家事后，给了她一张卡，意思是要离开了。

她去卫生间拿外套，摸了摸，冰块融了，还湿，说可以拿去烘干。男人说不用，烘干了也会再湿。她帮他把衣服穿上，嘱咐了几句——贴心、恰当的嘱咐，好像男人只是在天气不好的时候要出门，做完事就会赶回来吃上热饭菜。

母亲对岑木木说："木木，叫声爸爸。"

父亲顿了顿身子，没听到他叫，推开门走进了雨雪里。

母亲没能把门推上，随着病症加重，她的力气变小了。岑木木走过去帮忙。母亲的眼神从闭上的门缝收回来，轻声叹了口气。这声叹气让他有点后悔，刚才应该顺着母亲叫他一声。

岑木木扶着母亲回房间，帮她盖上被子。母亲情绪低落，他坐在床边陪她。记得上一次父亲回来也是匆匆离开，他大哭大闹，母亲也抱怨了几句，便安抚他睡觉，像什么事都没发生过。

母亲把父亲留下的卡给岑木木，里面应该有一笔钱。要是以前，他会让母亲保管，现在却接了过来——接过钱，就接过了家庭的责任。他从未埋怨接过这责任，母亲这半生也够累了，应该轮到他撑起这个家了。

岑木木和母亲聊到很晚，本来想聊其他事引走注意力，没想到还是聊回了父亲。

尽管那个男人离家多年，也没能从母亲嘴里听出怨恨。母亲就是这样一个人，强大又坚韧，独自拉扯岑木木长大成人，打拼出了这间地面房，又逆来顺受，温和地包容每一个辜负她的人。

母亲说，每个人都有一百种理由恨另一个人，可原谅更需要勇气。不过，她又觉得对父亲谈不上原谅，她相信父亲没有对不起自己，只是他有必须要做的事才离开家庭，多年杳无音信。

什么必须要做的事比家庭重要？岑木木不相信这种借口，他知道上面的诱惑大，在上面的人为了不回来可以编造千百种理由。

父亲没说这次为啥回来——岑木木问出这个问题就后悔了。

其实，在很久之前，母亲的脾气非常火暴，和赵芽母亲势不两立，听说有一次差点儿互砍起来。直到两人都生下孩子，母亲的脾气才收敛。岑木木和赵芽玩得好，两家走得近，渐而仇恨消散，甚至都谈不上仇恨，而只是矛盾。说起那些矛盾，两个女人都是感慨，怪罪于年轻不懂事。再后来，岑木木的父亲不辞而别，赵芽父亲死去，两个女人同病相怜，变得无话不谈起来……父亲这一次回来，无疑是因为赵芽的母亲，或许有什么事耽搁了，葬礼结束才回来。

母亲回答这些问题的时候，语气并不恼，表现出极大的宽容、理解，让岑木木感到一种无以言说的力量——那是历经生活蹂躏后得到的坦然。

母亲接着又说到岑木木没有来到这个世界时，父亲是多么喜欢赵芽的母亲，不遗余力地追求她，做过许多浪漫的事，母亲也帮他在这事上花了不少心思，没想到最后是他们两人走到了一起。这些陈年往事令岑木木内心五味杂陈，想来怪父亲也不对，他要不是和母亲走到一起，自己就不存在了。他问母亲为啥会看上父亲这种人。母亲脸上浮现笑意，说是他先看上自己——他突然转向，从疯狂追求赵芽母亲到疯狂追求母亲，追求的理由竟然是她叠被子很整齐。

只是因为这事？果然是三心二意的男人，岑木木在心中一锤定音，怪不得现在几年都不回家。太容易得到反而不珍惜，这是人的通病。

这天晚上，母子二人聊了很多，岑木木回到自己的床上躺下，还一直想着母亲最后说的话："其实啊，人可以很复杂，也可以很简单，这取决于你怎么个活法。"

他没法领悟透这话，只是发觉母亲生病之后，脾气越来越温和，没有表现出任何恐惧，对人和事的理解变得通透了。母亲是一块厚实的大地，是一条温暖的河流，是一片广袤的蓝天……岑木木的担心就在这里，有一天母亲会不会彻底回归大地、河流和蓝天？想到这些，他就感到无比难受。

第二天醒来，"爪牙"发来信息，说自己打车走了，不用他送。

他的地面车需要温度回升才可以上路，飞行车可以抵抗恶劣的天气，或许她急着赶路吧……要是有辆飞行车就好了。他只是想想，飞行车和地面车的价格差很多，后续各类花费完全不一样，他又不急着结婚，没必要再去承担额外的压力。

去到公司，他连地面车都开不成了。

这几年智能机器人发展快速，公司也决定配备，正在裁员。他在最新一批裁员名单中，原因是这几天无故请假。他去找经理说明情况，发觉经理不是需要解释，只是恰好有个理由可以把他裁掉。他继续找到上面的领导，告诉领导自己多么需要这个工作，还把自己的学历拿给他看。领导给他泼了一盆冷水，指出他的学历在地球上毫无用处，何况这只是简单的配送工作。

他在地球上学了三年的天体物理学，是成绩最拔尖的那批，源于他自身的物理学天赋，也源于没有多少人愿意学这个科目。如今的地球没有物理学，只有生活学，为对抗寒冷、对抗饥饿、对抗逐渐熄灭的太阳，他们需要把生活放在第一位，对普通人而言，理想和爱好是虚无缥缈的东西。

"你是个人才，或许可以考虑去天上工作，"领导转动小眼珠，递给他一张信息卡，听起来不像开玩笑，"我刚好为他们物色你这类人，年轻、有激情、缺钱，如果想发财就更好了。"

岑木木接过信息卡，扫了一眼卡面，就知道这个"天上"不是人们梦寐以求的太阳城，而是让人谈之色变的核能城市。

环绕在太阳轨道，包裹太阳直接汲取能源的城市统称为太阳城，享受着理论上的无尽能源。太阳城遮蔽了阳光，导致地球光照不足，人们为了御寒，不断向地下开拓居住空间，这些城市被统称为沉降城市。沉降城市虽然生活条件艰苦，好歹也算是人类最初的家园。而位于其他行星，以挖掘核原料为主的核能城市，听说生活条件如地狱般艰苦。

近段时间，核能城市频繁来地球招人。岑木木之前在网上听过一些风声，以为是谣言。从网络诞生时起，谣言就无法掐灭。前些天他还见有人说战争快要来了，战争？可笑，人类和蟑螂的战争？话说地球环境再恶劣，蟑螂都无法灭绝，偷吃了好多食物，确实应该和它们打一场。

领导向他介绍了上面的薪酬，竟然比在地球配送热储高十几倍，如果幸运的话，还能拿到高额奖金。不是说那里很穷吗？领导耐心解释，每颗大行星都有成百上千座核能城市，穷的有，富的也有，这要看资源。他帮助招聘的那座城市有富矿，现在急缺人手。

岑木木说出疑惑："怎么不用机器人？"

"你不学历史吗？"领导的耐心好像一下子就没了，"第二次太阳系战争后，太阳政府修订了《太阳系行星公约》，限制各大行星开发全智能机器人。"

"可是现在地球也有很多机器人，还把我的工作抢走了。"

"我们能发展机器人，肯定有我们的原因。"领导没耐心了，用废话搪塞，"你想想吧，考虑好联系我。"

岑木木没有马上回家，母亲还在家里，说想待几天再去医院，他不想让她知道自己失业了。医院反馈说她的身体有好转，可以隔段时间回家几天。这是好消息，让他感觉到这几年的努力是值得的。他去了地球银行，查看父亲留下的储蓄卡，挺大一笔钱，够母亲养护几年了。这也是一个好消息，能冲淡失去工作的烦恼。他忽然感觉那个男人也不是很可恨，这样的念头一闪而过，但无情的人不能因为暂时的良心发现而被原谅，归根结底自己还是恨他的。

岑木木像个不成熟的孩子，毫无意义地在心里怄气，不知不觉就在潮湿、寒冷、空旷的街道上晃了三个小时。公司和车辆租赁公司有合作，员工租车有优惠，现在被辞退了，优惠也没有了，他把车留在了公司。好在平日里他对车的需求也不是很大，唯一心疼的是前些天花钱洗了车。

岑木木发觉自己晃悠到了农业大楼下，有个铺面热热闹闹的，人们正在抢购昨夜刚摘下的新鲜蔬菜。他也买了一份，蔬菜需要阳光才能成长，培育周期长，人造光成本又太高，价值要比各种激素投喂的牲畜高。听说很久以前，光照充足，土地肥沃，肉比蔬菜要贵，人们能餐餐吃蔬菜，简直太美好了。如今的地球，条件不好的家庭连生肉也吃不起，只能吃合成食物。

母亲胃口很好，他想着明天再买一些。母亲看出了他的想法，说要省着点儿用钱，以后他还要搭建自己的生活，需要花费的地方很多。接下来的几天，他都在外面晃悠，也找找工作。找工作的人太多了，机器人占领岗位的速度比大家想象的快得多。送母亲去医院时，他说车坏了拿去修，只能坐飞行车了。他以为母亲会责怪他不省钱，母亲什么也不说，只是看着车窗外的城市发呆。

赵芽没再回信息。他以为她是要和地球决断了，或许这里没有什么值得她挂念的。如果没有见面，岑木木还可以和赵芽继续热情聊天，一切像过去。可这次她回来，穿着薄薄的恒温服，装扮得成熟了很多，谈吐之间带着天上人才有的气质，让他觉得自己离她很远。其实，五年前，他为了母亲回到地球，就应该想到现在这种状况。他说服自己要学会理解，学会接受。

他试着学习母亲身上带的那种坦然，包容一切不顺利和不如意，让生活随时间如流水缓缓流动，直到一切沉重的都变成轻盈的，就可以开始新的生活了。

下一个本该是假期的日子，岑木木去医院陪母亲。医生来检查，和他聊了聊母亲的情况，有个好消息，母亲因为心态好，身体恢复得快。母亲问能不能出院，医生说不建议，因为出院的话，病情有可能恶化。

医生再一次解释这种病情的奇怪之处，有些人患病了也可以活十多年，有些人则活不了一个月。常有人住院觉得身体差不多好了决定停止养护，没多久就传来噩耗。坚持养护的很大概率能让病情长期稳定，可以活几十年。

听到不能回家，母亲脸上明显有些失望。岑木木知道母亲喜欢待在家里。

医生察觉到母子的情绪波动，趁机介绍他们新推出的家庭养护装备。岑木木原本不感兴趣，从住院开始医院就推出各种套餐，几乎把他抽干了，要不是母亲确实有所好转，他指不定会把医院砸了。不过，这次的东西不一样，他从不感兴趣到每字每句听清楚，还主动问了很多问题。

"简单点说，就是把养护房搬回家，再配备一个全智能的保姆机器人。"医生显然是个推销高手，从语气到语速都恰到好处，"有了保姆机器人，就算偶尔出门也没问题，机器人会陪着你母亲，以保障你母亲的身体健康为第一要义。假设，我是说假设，自然不希望会发生……假设你母亲发生了什么，机器人会第一时间把她送回医院，绝对比人要快。这套设备配有专门的绿通道套餐，送到我们医院的人，会第一时间获得绿色通道，第一时间获得最有经验的医生的治疗。"

岑木木盯着全息投影发出的设备影像沉默不语。母亲自然想要，但是她明白儿子的困难，直白说没钱又怕打击儿子的自尊。她全程保持恰当的冷漠，想着用什么法子支开医生。好在苗喵喵来了，她立即变得热情起来，和她聊起了其他事。

医生感受到了这种态度转变的含义，安慰岑木木说他的母亲目前的情况还不算糟糕，有这套装备更好，没有也暂时不要紧，既保持礼貌，也有言外之意：意外不知何时到来，购买设备可以在意外到来时有保证。

医生离开了，岑木木继续保持沉默。苗喵喵了解到原因，拐着弯安慰岑木木："我了解过，产品还在测试阶段，可以迟点再考虑。"他母亲马上顺着这话说不着急，啥产品新推出来时都有问题，等他们改进几代再说。这事在今天就这样过去了。

往后几天，岑木木到处溜达时，心里一直想着母亲和那套设备。

这是颓废的时代，但母亲是热爱生活的人。她记住每个传统节日，按照古老的习俗安排，做好一大桌饭菜，有时会叫赵芽和苗喵喵一起来。两个女孩也因此非常期待节日的到来，用苗喵喵的话说就是"有家的感觉"。母亲生病住院后，也细数着每个节日，常常叹气。医院到底不是自己家，在一张桌子上布置物件都觉得多余，和坐牢没什么区别。

岑木木算过价钱，自己不多的储蓄，加上父亲留下来的那笔钱，按照配送热储的工资，还要再工作五年。他还需要省吃俭用，这样下来，他人生中最好的十年就全耗在这件事上了。

为了母亲，耗这十年也可以，毕竟母亲为自己付出了可不止十年。只是他不知道按照母亲这样的状态，还能不能再撑五年。医生常说她乐观，他知道那是装给他看的，即便不是装的，按照这样下去，她迟早会在狭窄的病房、在枯燥漫长的等待中被击垮。

生活需要点儿希望。对的，即便太阳快熄灭了，生活也需要希望。

希望在核能城市。

他翻出那张信息卡，用手机扫描，立即跳出全息界面，介绍了那座城市的情况。和前领导说的一样，有富矿，需要人力，给出高价薪酬。还有员工的采访，讲自己去了后从穷小子到体面人，也有的成为大富豪。岑木木去网上问了一些从那里回来的人，他们说工作很辛苦，但薪酬是真的，还有一个人发现新矿脉，获得了不菲的奖励。哪怕没什么奖励，只是正常的薪酬，拼搏一年，赚的钱也够买那套设备了。

岑木木是个果断的人，只要决定了一件事，就会毫不犹豫地去做，以前决定了天考就夙兴夜寐地去考，考上了决定回来就马上收拾行李，这一次也一样。他觉得犹豫是生活向前的阻碍。他立即去找苗喵喵，说自己要去海上城市工作，过一年才能回来。他把一张卡交给苗喵喵，说是母亲的生活费和医疗费，其实所有钱都留在了这里。

他打算离开了再告诉母亲。当天，他立马乘坐飞行车去到另一座城市，再乘坐他们的飞船驶出大气层。到了太空，他发现信息发不回去了，问了其他人，发现也是这样。带队的人说地球的设备没法离开地球使用，去到火星换上新的设备才可以，他想起五年前去太阳时也一样，便静心等待。

迷迷糊糊间，一道刺眼的光破开黑暗的太空。岑木木以为飞船炸了，猛地睁开眼，才发现是太阳城打开了闸口，释放阳光照射到了地球。

在距离地球八光分的太阳系中心，数百万座大大小小的太阳城撑起宽广的薄膜，包裹住太阳。其中一些城市安装着巨大的透镜，透镜会将阳光聚拢，精准地射向地球。这便是地球人深恶痛绝的"太阳熄灭"系统。这套系统有着非常繁杂的运作方式，根据太阳自转和公转、地球公转和自转的规律，保证地球上的人类活动的区域每天得到规定的照明时间。随着时间的流逝，地球所能得到的太阳照明时间越来越少，直至不再直射。

所有城市没有照射任务，全部关闭透镜后，再出现第一座城市打开透镜，才会出现这种景象。五年前，他见过一次，如今再见，依旧感到震撼。人类集体拥有了比创造山川大海更伟大的能力，但个体本质上都还是尘埃。

岑木木回头看地球，想起看过的资料，过去的地球以蓝色为主体，掺杂白色、绿色、黄色等颜色。那是个梦幻的世界，生机勃勃，不像现在看着这么冷，冷得让人恐惧，像个生病的人，头发花白，颓废不振。

大洋结冰，气候紊乱，能源短缺，很难想象这样的地方还生活着人。他们——或者说我们活下去的意义是什么？岑木木曾无数次问这个问题，问过别人，也问过母亲。母亲的回答干脆利落："生活就是生活本身，不需要空洞的意义去支撑。"

四

"人喜爱追求的意义，在太空面前就像孩童迷恋的歌谣。"

每次升空，赵芽都会想起这句经久不衰的名言，至于何时何人说出的没有记载，随着越来越多的人能离开地球进入太空，这句话得到越来越多的共鸣。

听说第一次面对太空，人的欲望会被宇宙的浩瀚冲淡，觉得在这无穷尽的星海面前，生活的琐碎不值一提。赵芽第一次时确实如此，那是五年前，他们这些通过天考的天之骄子透过巨大的飞船舷窗看去，沿着地球前往太阳城，觉得前所未有的松弛，觉得值得寄予未来无限的热情。

可这一次，群星变得很轻很轻，生活变得很重很重。

这些重量多半源于手中的小盒子。岑木木的母亲把盒子交给她，说是那个女人留下的，并强调回到太阳城再打开。她怨恨，不，是痛恨这种安排。那种女人总是想安排自己，仿佛若不安排，她活不下去，现在就连死了也要安排。如果不是岑木木的母亲安抚她，她早就把这东西丢了。

飞船冲破大气层，在太空平稳行驶后，她立即把盒子打开。里面是个全息设备，存储有一段全息影像。她不想给旁人看见，便转成二维视频，戴上耳机，用手机打开。

看完之后，她呆愣了好久，然后望着窗外发呆。

夏风老师到太空站接她，非常热情，说带她去吃一顿大餐。她情绪低落，本想拒绝，夏风老师很坚持。想到他帮了自己那么多，也不好拒绝。

餐桌上都是新鲜的食材，在阳光下生长的植物，吃着植物生长的牛羊，对很多地球人来说，在梦里让这些东西出现在饭桌已足够大胆，何况真的品尝。

夏风老师说，他刚从地球来到这里，被老师带去吃过一次，此后最大的愿望就是每个月能吃一次。现在，他有工作了，别说每个月吃，日日吃、餐餐吃都没问题，太阳城不缺这些，只要辛勤劳动就可以换取。

听起来像炫耀，其实也是鼓励，她明白夏风老师的心意。

夏风老师，或者说夏风学长，在同学们眼里是励志的代名词。他从地球来，通过自己的努力，得到留了在地球学院工作的机会。严格意义上来说，他不是老师，算是生活辅导员，主要帮助从地球来的师弟师妹适应学校的新生活。外加他平易近人，长相帅气，至今单身，性格温和，有责任心，是无数女生的梦中情人。男生们虽然眼红，却也慢慢被他折服，想成为他那样的人。

赵芽来到这里五年了，还算一个学生，如果三年内找不到工作，就会被遣返地球。其实，她的表现不错，只是巨型结构学和太阳学比较热门，学的人多。很多在太阳城出生的人还没出生前就可以得到基因技术的筛选和改造，出生后接触各种先进的教育方式，使用各种先进的教育工具，接受和消化知识的水平不是从地球而来的她可以比肩的。这些年她废寝忘食，渴望把差距缩小。

李守光老师很欣赏她，说："一步一步登山的人，虽然走得慢，意志却比坐电梯上山的人要坚韧。"这话给了她很大的信心。

其实，很多人都是在最后两年才找到工作，是她太着急了。

她问夏风老师怎么没去扶桑水城。夏风老师说自己生病了，又说这是个好消息。她的疑惑在他意料之中，不过她没追问怎么回事。他显然有点尴尬，找到机会说："我生病了，延迟几天去，刚好可以带上你。"这话本会让她欣喜，如果不是那个小盒子在她心头蒙上一层灰。

去到扶桑水城，有同学说夏风老师没有生病，借故延期，其实是为了等赵芽。

这类谣言层出不穷，或许也不算谣言，她早就发现了夏风老师对自己很好，这种好有时已经逾越生活指导员所应该触及的界限。面对谣言，她从最初的惊恐到坦然，现在那些谣言不但不能中伤她，反而成为一种安慰。起码，这种感情是实实在在的……证明有人在意她。

扶桑水城是第一座全水域太阳城，城市主体面积堪比地球上的北冰洋，四周撑起的能源收集薄膜的面积是城市面积的两百三十倍。从外太空观看，整座城市的结构像一张巨伞上扣着顶帽子，这是太阳城比较普遍的结构。能源收集薄膜汲取太阳光，再转化成其他能源供中心区域使用，如果收集器的面积过大，还会建设巨大的能源储存器，将多余的能源贩卖给其他太阳城。

扶桑水城的特别之处在于能源收集薄膜的背阳面覆盖着密密麻麻的"血管"和"瘤子"——光物转换器结构。

温度和密度极高的太阳核心不断发生氢原子结合，聚变成氦原子，产生的能量以光子的形式穿过辐射层、对流层、光球层后逃逸到太空中，被太阳城上可以吸收光子的材料，即能源收集薄膜捕获。光物转换器则可以将光子再加速碰撞，转换成氢氧元素，再燃烧成水后流向城市主体。

"植物的叶绿体可以吸收光子，把光子转化成物质，能源收集薄膜和光物转换器本质上是对自然的模仿，不算什么高科技，现在有些太阳城已经开始根据光物转换原理研制光速飞船了。"博学的李守光老师喜欢在途中和大家分享各种知识，"有些光子会携带物质的信息，在特定条件下可以变回和原来完全相同的模样，光速飞船的原理就是先把飞船和搭载物转化成光子，这些光子以光速到达目的地后，再转化为原来的物质。"

在大家的惊叹中，李守光老师继续说："还有更大胆的猜测，如果一个人濒临死亡，可以把这个人转化成光子，再转化为物质，在这过程中加入一些制定的异变，就可以让这个人返老还童，甚至让死人复活。这涉及永生……永生技术已经被禁止，可谁知道有没有某个城市正在发明，这个世界太大了。"

太阳世界真的太大了，就算每天走马观花看十个城市，哪怕耗费一生的光阴都无望走遍。同学们惊叹的同时也感到失落，数量如此之多的城市，只有寥寥数座愿意接纳地球人，他们生来就注定低人一等，内心的自卑致使生活上的谨小慎微。

每座城市都有自己的昼夜长短、时段划分等规律，也有永夜或永昼的城市，扶桑水城的昼夜周期比他们所在的闲云城要长。

为了不影响生物钟，他们依旧按照闲云城的作息规律，在闲云城属于白天的时间跟随老师们乘坐飞行车去到外面做相关研究，属于黑夜的时间则回到岛上休息。水城中有千万个大大小小的岛屿，作为和各城市的连接枢纽，进行贸易往来，或者用作旅游观光。

本地人已经通过基因诱导，进化成了水生亚人，能像鱼一样长期居住在水里。

他们居住的小岛被装饰得如梦如幻，房子延伸到岛外的海面上，天色暗下时会有发光的生物在水里遨游，或突破水面飞上天空，张开五颜六色的翅膀，挥出一幅幅优美的画卷。

无法入睡的夜里，赵芽会去近水平台，赤脚浸入水里，被发光的鱼儿亲吻。

有一晚，她见到有人在水里游泳，等对方靠近了才发现是夏风老师。她并不知道这是夏风故意制造的巧合。前两次，她只是礼貌地打招呼，后来夏风老师游完泳，会走到她身边进行拉伸活动，借机和她聊许多事。

她沉闷的内心需要排遣，夏风老师刚好担当了这个角色。

夏风老师聊起了她的母亲。母亲患了冰寒症，刚确诊没多久就发展成了重症，又没多久就撒手人寰了。她坦白，自己提前知道了消息，如果立即回去处理，或许能延缓她的病情，可她没有采取任何行动，甚至消息都没发回去一条。

她用简单的语气概括了唯一的亲人的死亡。

夏风老师心思细腻，感受到了平静下暗藏的汹涌，知道有更深的缘由，却没有直接询问，而是说了些安慰她的话。

这些话让她慢慢敞开心扉，渐而述说更多过去的事。

她父亲是高楼打冰员，天亮前要驾驶飞行器观察需要打冰的大楼，天亮后以最快的速度帮大楼脱去冰衣，让阳光照到。有一次判断失误，连人带机器被冰雪砸在了地上。

父亲出事时，母亲还在赌，没赶得及去见他，是她陪着他走完最后一程。她至今仍旧清晰地记得父亲死去前，死死盯着门口，直到失去气息。母亲来到医院，听到父亲死去，第一句话是问有没有赔偿。

母亲信奉及时行乐的思想，可惜没行乐的资本，便想通过赌博获取。这个让赵芽做梦都想逃离的女人，这一生似乎只执着于两件事：赌博和控制自己。母亲输了钱，便发泄自己的脾气，除了骂骂咧咧，打砸便宜的家具，就是要求她按照自己的想法做每一件事。

如果不符合母亲的意愿，母亲就更疯疯癫癫，暴跳如雷。

母亲允许她参加天考是因为有可观的奖励。上面的世界就是这么阔绰，招收学生，给予对地球而言顶尖的学习机会，还给学生家里补贴。她考过了，没有丝毫留恋，到时间了便离开了。她从别人那里得知，母亲到处说"她叫我去我也不去"，其实母亲明白自己被抛弃了，只是嘴硬。

那之后的五年，母亲经历了什么，她不得而知，也不想知道。

"她死了就死了，她死了我就原谅她了。可她还要说那么多。"赵芽谈起那个放着全息影像设备的盒子，出现在影像里的是过去一家人晒太阳的场景和母亲虚弱的声音。

"她说她知道太阳在我们这代人还活着时就会熄灭，那将会带来阴沉的绝望。她说她曾经是绝望的，绝望的不是自己看不见光明，而是我们看不到。她说她曾经也试着天考，本来可以上去，只是太留恋地球，后来才明白留恋是懦弱的。她说，她做的一切都是为了我，她生了我之后就演了这一场戏，为的就是让我下定决心离开。她认为去到上面才有真正的生活。"赵芽回忆那个女人的种种，"你说奇不奇怪，她都没来过这里，只是听别人说，怎么就知道这里'才有真正的生活'？"

"因为有太阳。"夏风老师说出了答案。

"可是犯得着那样吗？"赵芽苦笑，"演的？不知道她这个伟大的演员明不明白，她演出来的那些伤害，对我而言是真实存在的……是，是……是比太阳熄灭还要黑暗的记忆。"

赵芽不相信女人那些话，她觉得这是那个女人精心策划的报复。

真正残忍的报复不是责怪和辱骂，而是惺惺作态，让人产生愧疚，让人永远无法释怀。尤其经历死亡的加持，所有情绪都会无限放大。过去发生的种种表明，这个女人为了达到目的什么都做得出来。

她还记得以前辛辛苦苦兼职两年，偷偷存钱，打算买一台五手还是六手的建模设备，那是进行巨型结构理论学习的基础工具。一夜之间，钱被偷偷拿走，全都被撒在了赌桌上。那个女人不但不觉得自己有错，还觉得她小题大做，不理解大人的苦。她气得浑身发抖，却没说一句话，那之后她就不想多说什么了。往后的学习，她仅仅依靠纯理论推算，和偶尔蹭同学的建模实验，付出了比别人多几倍的心力才完成那些课题。

还有一次，那个女人拿回家一大把香菜，说是打折抢购的。其实，赵芽怀疑她是偷的，或者捡到的，总之她不可能花钱，她会把所有能支配的钱慷慨地放在赌桌上，把生活成本降到最低。如果手上的这把香菜能卖掉换钱，她肯定会毫不犹豫。蔬菜是不可多得的东西，可香菜对赵芽而言却是噩梦，她受不了那种刺鼻的味道。那个女人逼着赵芽吃，觉得这样难得的东西不能浪费，赵芽的反抗让她暴怒。一旦有什么不满意的事，那个女人都会近乎自残般暴怒，似乎发泄情绪就可以解决一切问题。直到赵芽顶住麻痹的嗅觉，把那些东西嚼碎，咽进翻滚的胃里，她才心满意足，仿佛获得了什么难得的胜利。

如果那个女人真想让自己通过天考，想让自己过得好，怎会忍心做这些事？

夏风老师没法回答。他知道她只是需要一个倾听者，可再耐心倾听也无法感同身受，多余的安慰反而会加重忧郁。陪伴和沉默是最合适的良药。

赵芽语气疲倦，慢慢述说这些本该沉进海底的往事。眼前的大海无波无浪，这是扶桑水城的智能控制系统设计的夜晚，给予旅客静谧安详。远处有一只数百米宽的天空鱼从海底飞出，无数密密麻麻的发光的飞行水母绕着它旋转，似乎在举行某种神秘仪式。

赵芽不得而知，也没有兴趣，生活的沉重让她失去求知欲望，哪怕超新星大爆发在眼前发生，她也会无动于衷。

在地球人眼里，这座城市是神话故事中才会有的世外桃源，这里的水温、天气、洋流都可以由强智能AI城市母神控制，光物转换器会把大量的氧气注入海水中，加上充足的日照，水下的物种极其丰富，在人类划定的区域野蛮生长，成为随时可以收获的食物。

"在能源充足的太阳城，一切都可以计划。"夏风老师感慨道，"可是在地球，眼前都是未知，造成了许多生活的未知，人们在这种未知之中惶惶不可终日。"

往后的日子，关于两人的谣言越来越多，反而让两人的交往更放得开了。赵芽慢慢理解了夏风老师的心思。其实，她早该理解，只是对未来茫然不得知，才故作麻木。

赵芽从小在全球结冰的地球生活，对深水没有很深的理解，只知道水会淹死人。在一个被城市母神设计得闷热的夜晚，她在夏风老师的鼓励下跳入水中，呛了一口，惊慌失措地抱着夏风老师。她被他强壮的身体托起，感到安全——这种感觉让她开始接受他。接下来，她在夏风老师的指导下学习游泳，总见不到效果，他耐心帮她指正每一个姿势。

不断的身体接触让两人心跳加快，呼吸急促，眼神变得炽烈。

明天项目就结束了，回到闲云城的地球学院，他们不能再走这么近。两人的目光触碰，正要更进一步的时候，赵芽想起了岑木木，内心的热情忽然衰减，把头偏过一边。

他明白了她的心意，心想或许是自己太急，也按压住了内心的冲动。

上岸之后，为了缓解尴尬和突兀，赵芽提起了另一件事："你收到信了吗？"

"什么信？"

"他们说的地火计划……"

夏风老师连忙作出手势制止她。

夏风老师的视线转了一圈，见四周无人，才低声和她说，这事不能告诉任何一个太阳人，否则有危险。赵芽还以为这是个"人尽皆知的秘密"，因为自己不太合群，才最晚一个知道。看来自己知道得比较早。

"你怎么看？"夏风老师问。

"伟大的计划。"她说，"毫无疑问，做这些事的，是一群伟大的人。"

夏风老师点头，再问："你想回去？"

"我很矛盾。"她说，"这些天我都在想这事。"

"好不容易来到这里，回去的话岂不是前功尽弃了？"他说，"你很优秀，找工作不是什么问题，李守光老师跟我聊过，有个公司要招新人，他打算推荐你。如果回去，最终只能感受到绝望，如你妈妈所说，对地球而言，太阳在我们这代人还活着时就会熄灭。可是在这里，太阳永远璀璨，人生永远明亮。"

赵芽明白夏风老师的心意，没再说什么。她从天考上来后就接触他，和很多同学一样，觉得他是个负责、温和、勤奋的生活指导员，这些优点很多人都能有，即便没有也可以学，但同学们还说，夏风老师最大的魅力在于他有明确的目标和追求，他是一个"看得很远的人"。可今晚的对话，让她觉得他虽然看得远，但是只看到了自己。"有追求的人应该能看见苍生。"这是岑木木年轻时说的话，却在此时此刻指引着她。

虽然夏风老师提醒她不能将这事告诉任何一个太阳人，但赵芽思考良久，还是觉得要找李守光老师谈谈。在她看来，李守光老师才是最值得敬重的那类人，他有信仰有原则，在大是大非面前会给出理智的建议。

"很久很久以前，我们的祖先都生活在地球上，只有少数人有条件上太空和去到其他行星，随着人口持续增长，资源枯竭，祖先们开始建设太阳城，来到靠近太阳的地方获取能源。"李守光老师说起了遥远的历史，"建设太阳城不是那么容易的，听说最开始的五百年，有三百多座太阳城因为各种原因坠毁，上亿人死去，才有了我们如今的生活。每一个繁荣的时代，都是前人付出巨大的牺牲积累而起的。历史的描述言简意赅，亿万人的命运一笔带过，可曾有多少父亲离开孩子，孩子离开母亲，丈夫离开妻子，历史的一粒尘埃落在个体身上就是一座大山。"

李守光老师停顿了一下，继续说："我相信那些人在创造新的历史，可并不是每个人都必须要去推动历史的车轮。我认为人类历史上拥有过最伟大的理想，就是能让每一个微小的个体都有选择的权利。可以选择成为黑夜中的静默者，为子孙后代的幸福付出一生，也可以活在当下，只为自己拼搏出美好的生活，这些都没有错，不能因为空大虚无的正确而去责怪那些只想平凡生活的人。"

"我明白了。"赵芽说，"要听从自己的内心。"

"对，听从自己的内心，遵守内心的意愿。"李守光老师眼中满是赞赏，"如果你要回去，那你是值得我骄傲的学生。你敢于尝试，敢于提出疑问和创新，这是我最欣赏你的地方。如果你想留下来，我也会尽我所能帮助你。"

李守光老师口中的"尽我所能"所暗指的资源，是很多人一辈子都接触不到的，无疑是巨大的诱惑。赵芽没有决定。她想问问自己的内心。她发信息问岑木木，他没有回复，前几天的信息也没有回复，她不知道怎么回事。

赵芽听很多人说信息发不回地球了。运营商的回复是，连接地球网络的设备正在维护升级，需要挺长一段时间。大家都知道没这么简单，心照不宣而已。有一天，一位和赵芽说过些话的同学匆忙离开，告诉她太阳城和地球的航道准备封锁了，要走就赶快走。

类似的风声越来越多，有股暗流在涌动。

有天晚上，赵芽睁眼到深夜，想到过去的种种。她其实不是很厌恶地球，那里有自己很在意的人，想要逃离的那个人也不在人世了。最重要的是地球现在很需要她，或者说需要她这样的人。如果她这样的人不回去，太阳有可能真的在可见的未来就熄灭了。她感受到了内心的渴望，天亮之后，去和李守光老师告别，坐上了回地球的飞船。起飞后，她才告诉夏风老师。

赵芽进入大气层后，发信息给岑木木，还是没有收到回复。她又发给苗喵喵，苗喵喵回复了，再聊到岑木木，得知他去外面工作了，要一年才回来。她有点失落，没有告诉苗喵喵回来的原因，出于其他原因也没有告诉岑木木的母亲。

她只打算在家住一晚，明天就离开。

房间里静悄悄的，还有母亲的味道。她躺在沙发上，在这股味道里睡去。她在半夜醒来，听到屋外有细弱的风声。她在家里走动了一会儿，过去的记忆涌出，却感觉没有那么痛苦了。

死亡有一种强大的消解能力。

她进入母亲的房间，看着没有收拾的床，仿佛过去很多个早上，她只是急于出门赌博。她忽然想起来，在过去，母亲不论多早出门，都会在晚上回来。或许是自己一个人害怕？这是种可怕的假设。以前的赵芽从来不会这样想，她只会觉得母亲不舍得在外面花钱过夜，她所有的省吃俭用都是为了多赌一点。

她感觉有点累，趴在母亲的床上一动不动。

屋外有雨声了，慢慢地，声音变硬变脆，看来又是冰夹雨，好在岑木木留下的热储还没用完。如果房间里有其他人，肯定会以为她睡着了。外面的风声越来越大，呜呜作响，好似要把房子连根拔起。突然，一直保持平静的她发出呜咽声，不一会儿，她再也无法压抑内心的悲伤，号啕大哭起来。

五

"很多人在哭，好像哭能改变什么。个体的喜怒哀乐在时代洪流面前不足挂齿。"李守阳身材高大，声音尖细，"战争会造成无数悲剧，但也是进步的阶梯。不是吗？"

王真我知道李守阳说的是第一次太阳系战争。

那场战争未发生时，太阳城的数量比现在要多得多，空间愈加拥挤，城市之间不断因为争取空间资源发生摩擦。战争持续了五十年，各联盟、派系和组织互相攻伐，分割了整个太阳系，最终胜利的联盟建立了如今的太阳政府。战争结束后，太阳城的位置被重新排序，后来交由超智能AI太阳母神管理。部分城市被放逐，漫无目的地飘荡在太阳系中，也有部分驶出太阳系，被统称为"流亡城市"。

成王败寇，流亡城市里的人被指责为战争罪人，太阳人不待见流亡城市人的后代，任由他们自生自灭。但流浪城市居民非常顽强，有些城市直至今日还有人居住，孕育出了独特的流亡文明——通过掠夺各行星上的核能城市生活，或者掠夺另一座流亡城市。

王真我没有搭话，点点头表示赞同，他正被眼前的景象吸引。

庞然大物藏在幽暗的太空之中，和太阳城一样雄伟，却极其破败。

吸热薄膜只是相对于人类生活的主城区来说薄，实际上是数百米到数百千米厚的装置。眼前的这座城市的吸热薄膜上布满恐怖的裂缝，像恶魔破碎的衣物，像天使破碎的翅膀。城市的中心结构被破坏得看不出原本的形状，又和天然的产物不一样，仿佛还不具备建筑美学的孩童把胡乱画成的城市碎片拼接、杂糅，成就了这个怪胎。它已在太空漂泊了两千年，被各种粒子、射线冲刷，陈旧得辨别不出当年的色彩，像画家画笔下的抽象物，在深邃的银河背景的衬托下，又如沉睡的怪兽。

这座流亡城市叫黑石城，城内的大型飞船停靠场不够用，他们只能换乘小型飞行器靠近。有三艘破旧的飞行器已在等待，与他们对接了指令，引着他们进入。王真我透过舷窗观望，他见过地球上无数冰封破败的城市，可仍旧比不上这里的荒凉与寂寥。

他们的飞行器犹如几粒飘进怪兽身体中的灰尘。怪兽的毛发凌乱，皮肤布满空洞，骨头根根断裂，血管阻塞，器官病变，这些是在第一次太阳系战争和时间摧残下的伤痛。怪兽残破的体内孕育着一只小怪兽，它啃食母亲的身体，营养充足，四肢健全，身体代谢良好。母亲身上的营养物被掏空，它便驱动母亲的残躯去狩猎，因此它是野蛮、罪恶、不祥的象征。

"真稀奇，第一次有太阳人来到我们这种烂地方。"市长从另一扇门走进来，浑身被金甲包裹，只露出两只凶恶的黑瞳，语气极其不友善，"你们祖先把我们祖先挤出太阳世界，如今却要找我们帮忙？"

"哟，穿得这么霸气，是准备去打仗？"王真我调侃道，"还是刚凯旋？"

李守阳径直走向最高大的那张陨石大椅，毫不客气地坐了下来，有种反客为主的意思。

戴雷德的下马威没有用，毕竟眼前的这两人都不简单。

还站着的年轻人是地球维和政府的领导，最有权势的地球人。虽然地球的势力不足挂齿，但如此年轻就走到这一步，不得不令他佩服。坐下来的老人是太阳政府的高官，某座太阳城的市长，举足轻重的人物。

太阳政府管辖着太阳舰队，用于管理太阳系。祖先们天天喊着打回太阳，戴雷德也经常喊，却心知肚明这只是给流亡城市的居民灌输的精神鸦片，是一种统治的手段。太阳舰队要是真想消灭边缘世界，只需要出动不到千分之一的兵力就能把他们轰得连渣都不剩，毕竟太阳城有取之不尽、用之不竭的资源，而流亡城市每时每刻都要为了活下去的基本资源奔波。

"不是找你帮忙，是共享。"李守阳的声音又尖又有压迫感，"我想你不会拒绝。"

"有好东西？早说嘛！"戴雷德哈哈大笑，态度瞬间变得友善，"只要有我们需要的东西，就算你们是外星人都可以谈！"

戴雷德身上的皮米铠甲像一群散落的金色虫子，褪到皮带和靴子里，露出壮硕的身体和鲜艳的金发。他大大方方地坐下，挥了挥手，侍卫退了出去。年轻的王真我最后坐下，三人组成等边三角形。

过了一会儿，有一排穿戴整洁的人拿着盘子上来。领头的人在三角形中间放了个盒子，盒子分解、重组成一张大小适合的圆桌。其他人动作优雅，把手上的盘子逐一整齐摆放，组成一大桌色香味俱全的佳肴。

"没想到流亡城市的伙食这么好，我还以为你们靠啃陨石活着呢。"王真我说，听不出是真惊叹还是调侃，或许两者都有。

"和你说的差不多，陨石是我们的重要资源。"戴雷德表现出一副心情极好的状态，"我们的祖先被逐出太阳世界，每日哭着喊着世界末日到了，其实世界末日没到，只是我们的末日到了。他们靠着城市原有的资源生活，为了夺取资源，内战不断，人口锐减。剩下的人改造城市的最中心，形成可以脱离太阳的半循环系统，在各行星和太空中汲取各类能源。"

"不过，最好的方式还是掠夺。"李守阳评价道，"对战争的狂热是你们对你们祖先最稳固的继承。"

"没有人喜欢战争，我们祖先不喜欢，我们也不喜欢，只是为了活下去。"戴雷德脸上的笑意不减，"谁都希望能发动一场一劳永逸的战争。"

"战争是双向的，一方得到多少好处，另一方则要承担十倍不止的代价。"王真我说。李守阳看了他一眼。他补充道，"不过，物竞天择，强大的终究取代弱小的，有价值的终究取代无用的，战争是促进世界新陈代谢最好的方式。"

李守阳是最后笑的，说："我们的谈话让我觉得我们各方目前都很需要一场战争。"

"我想，战争对象不是太阳城，目前没有力量能撼动太阳舰队，也不是我们原本的猎物——那些穷得可怜的核能城市。"戴雷德分析道，"更不是外星人，如果外星人先来到太阳系，证明科技水平远超我们。"

"那只可能是地球了。"李守阳补充道。

"地球不是你的吗？"戴雷德抛给王真我这个很突兀的问题，"你自己打自己？"

"地球维和政府效忠于地球管理局。"王真我说，"显而易见，我的就是李局长的。"

"我只是个为太阳公民服务的局长，所有一切都属于太阳公民。"李守阳纠正道。

"我就喜欢你们这种一本正经胡说八道的人！"戴雷德哈哈大笑道，"说吧，地球有什么？"

"地热能。"

"我听说过一个有趣的比喻，太阳世界的太阳城市群是象群，地球城市、核能城市、流亡城市是散落的蚂蚁。大象从不屑于和蚂蚁发生战争，哪次踩一脚都是多此一举。"戴雷德说道，"你还看得上地球上的那点儿玩意？"

"地球是个巨大的火球，地下热能储量远超其所拥有的所有其他类型能量的总和，可以供你们这座城市使用超过十万年。"李守阳也不知道这样说对不对，他并不知道具体有多少地热能，只知道很多很多，"即便对太阳城而言，也是不可忽视的能源。"

戴雷德神情变得严肃，十万年……对目前的他而言，能解决未来十年的能源问题就是巨大的诱惑。只要李守阳愿意分他百分之一，就能让他和这座城市的子民一辈子无后顾之忧。不过，事情没这么简单，傻子都能明白。

"李局长管理着地球，应该随时可以把资源收入囊中，怎么想到找我？"

"名义上是这样，可地球人从未屈服，哪怕第二次太阳系战争过后。"李守阳说，"戴市长可听闻过地火计划？"

戴雷德还没回答，李守阳继续说："我想小王可以解释。"

王真我说："地球人已经在开发地热能了。"

戴雷德连着问道："谁在开发？在哪儿开发？怎么开发？"

王真我回答："还不清楚，只知道叫地火计划。"

李守阳说："只知道很多人，势力可能不弱于地球维和军，所以我来到了这里。"

"那么多人在打你屁股，你竟然还坐得那么安稳？"戴雷德作出十分震惊的表情，质问王真我，又看了看李守阳，"要是我手下的人这么做事，我保证他现在已经在太空裸体漫步了！"

李守阳很满意，这是他一直克制着不对王真我说的话。

王真我黑着脸说："地球抖落的毛发，就能把你这座小城市砸成粉末。"

言外之意，地球太大了，即便他手下有军队，也难无死角地监督。

这话惹恼了戴雷德，他接着质问："那么多的能源，你怎么不早点为李局长开发？"

"不是为我开发，是为太阳公民。战争还没开始，两位先别急着擦枪。"李守阳摆摆手，示意他们停止争吵，"不过，我刚接手地管局没多

久，以前对地球完全不了解，也不知道地下有这么多能源，想来以前的
领导也不在意这点资源，所以没让小王去调查。"

听着像是给王真我解围，实际上还是怪罪。

"如果小王太快解决这个问题，也不需要找到这里了，这么说，戴市
长应该感谢小王给的机会。"李守阳对戴雷德说，"我们开诚布公地交换
想法，我先说我的：目前有一群蛆在偷盗地球的资源，我不能坐视不管，
这些资源应该拿出来共享，可地球在我管辖之下，由我和小王发动战争
都不合理，所以要您以掠夺的名义出手，毕竟这是你们最擅长的事。"

戴雷德拍着大腿，哈哈大笑，对板着脸的王真我说："那我应该感谢
你了！"

王真我露出难看的笑。

"在这个过程中，我们需要演一场戏，小王会假装抵抗您，但实际
上是配合您，直到您的军队占领地球。"李守阳继续说，"一切顺利的话，
我能保证太阳舰队不会插手此事，实际上我能完全保证太阳城不会知道
地球上发生的事。即便他们知道，也不会出声。所以资源我要占多数。"

"我只在意我能得到多少，毕竟死的都是我的亲人。"戴雷德说，"我
手下有百万大军，每一个都被我当成亲人，也把我当成亲人。"

李守阳直视他的眼睛，缓缓说道："十分之一。"

"成交！"戴雷德痛快地答应道，这分成远超他的预期。

李守阳也很爽快，这分成也远超他的预期。

两人走后，戴雷德恢复了沉稳，这场戏演得挺累。

他问女人自己演得怎么样。光滑的墙面打开，后面还有一间房，身
材高挑的红发女人穿着红色高跟鞋走出来，把戴雷德衬托成矮小强壮的
大猩猩。她像个专业的点评家，先是赞赏戴雷德神态语言到位，再说有
些地方"演得太用力了"，然后坐到了戴雷德的腿上。

"老家伙挺会算计，对他而言，要封锁地球消息并不难吧？"戴雷德
抱着她的腰，望着门外，"而且太阳城那些人压根不关心我们，在他们眼

里我们就是一群野人。"

"他演技确实比你高很多。从我得到的情报来看，第一次太阳系战争后，太阳城重新排列，他的家族所在的城市得到的太阳照射面积减少很多，人口却没减少，现在要进口能源。他本质上是和我们一样的人，站位却很高，仿佛自己真的是太阳公民的奴仆。"女人说，"实际上地球的势力如果威胁不到太阳，太阳舰队就不会插手，他能调动的力量只有王真我，听说那个年轻人挺不得了。"

"不过，他们确实有我们很需要的东西，也带来了很有诚意的礼物。"戴雷德露出满意的笑容。

戴雷德说的礼物正脱离飞船，被黑石军的飞行器拖拽进城。

王真我只是看着，没有说什么。他自然不高兴，刚刚的谈话中，李守阳借着戴雷德的嘴数落了自己，甚至是否定。最令他气愤的是，李守阳让戴雷德掠夺地球资源就算了，竟然还想让他占领地球。

"只是谈判的筹码，毕竟计划和现实往往天差地别。如果这事在你手上得到解决，就不需要用到他了。"李守阳知道王真我在想什么，"实际上，如果你能把这事做好，不止那十分之一是你的，我也会给你提供一块闲云城的延伸区。"

飞船分离出子船，搭载李守阳回到太阳城。为了掩藏行踪，王真我需要乘坐飞船绕一圈回地球。他陷入思考，李守阳太会算计了。地热能原本就是地球的资源，之前李守阳也说能分他十分之一，他故作怠慢，想要多些，没想到这老东西找到了流亡城市。

现在的局势已发生变化，他若再敢怠慢，戴雷德就会带着他的百万大军入侵。虽然王真我不相信对方真有这么多军队，可在李守阳的默许下，对方真要下来，他手中的维和军毫无疑问会变成其附属。现在，李守阳给他圈定了时间，如果他能完成任务，戴雷德就没办法参与，他在地球上的地位仍旧不可撼动。

这样来看，那十分之一真倒成了李守阳的馈赠。

其实，对王真我而言，诱惑最大的是闲云城的延伸区。

他知道太阳城并非像很多人说的能源无限，城市主体受到光照面积和吸能装置效率的限制，或者说能源的限制。如果能源充足，理论上可以把居住区无限延伸到太空之中。地球人去到太阳城的机会极其珍贵，何况整整一片居住区，对他而言也是做梦都不敢想的奢望。

真能得到居住区的话，他和他的后代都可以离开地球，成为太阳人。

王真我回到地球，立即召集维和政府主要领导和维和军主要将领开会，劈头盖脸地把他们骂了一顿。这位年轻的维和政府主席兼维和军将军的脾气是出了名的臭，他们只能低着头默默忍受，不敢惹怒他，毕竟他权力太大，随时可以掏出枪毙了他们。

王真我骂够了，下了死命令，要动用所有力量调查所谓的"地火计划"是什么。

三个月后，有个维和政府官员从城市流动人口入手，查出很多人口不知流向何处，这可以间接证明确实很多人参与了那个计划。他把这个消息告诉了王真我，王真我让他继续调查。不出三天，他便被刺杀，激光烧掉了他的半边大脑。他死前瞪大双眼，嘴巴大张，像是知道了什么不可思议的事。可惜大脑受损，能重现人脑记忆的记忆窥探仪完全失去了作用。

王真我再次勃然大怒，聚集所有人狠骂。失踪了这么多人，还被杀了高层，竟然仍旧毫无线索，简直养了一群饭桶。各部门继续努力寻找线索，其实，很多人只是表面努力，实则怠慢、敷衍。

除了布置调查任务，王真我还向全球发布了征兵令，表面上为了将来的战争做准备，实则也是为了将来有一天能和戴雷德抗衡。

他知道，此时的戴雷德也在太空和各大行星招兵买马。

第一次太阳系战争主要是太阳城之间的互相攻伐，但也有各大行星的参与，最后结果是太阳城重新排列，建立了太阳政府。地球站在了战败的一方，却无法被流放，太阳政府便以逐渐减少日照时间作为惩罚——日照时间慢慢减少，只要地球人不再生育，就能保证所有人死在太阳熄灭之前。可地球人不愿意放弃生育的权利，仍旧不断有新生儿降世，作为惩罚，太阳政府宣布将提前熄灭太阳，这导致了第二次太阳系战争的爆发，地球制造出数以万亿计的全智能机器疯狂进攻太阳城，造成了第一次太阳系战争以来最大的破坏。

地球人知道面对强大的太阳舰队，自己必然失败，他们只是想表达一种态度。太阳政府似乎被这种态度感动，即便赢得了战争，却还是延长了日照时间，让地球得以养育后代，此后还有了天考，成为地球人去往太阳城的通道。有人说天考是太阳政府汲取地球人才的措施，带走人才就是带走希望，带走地球的未来。可依旧有很多地球人愿意回去，认为那里的生活才有希望。

战争后，地球的武力被撤掉，太阳政府成立了地球管理局，用于管理地球维和政府，地球维和政府下辖地球维和军。地球维和军如今被王真我掌控，他是历史上最年轻的维和军统帅。维和军主要由地球人组成，很多人骂他们是太阳城的走狗，但征兵令发布后，那些骂过他们的人都争先恐后地报名。

六

　　大家都是一边骂，一边抢着报名，外在的抵触更能彰显内心的渴望。谁都不想饿死他乡。岑木木早预料到了这种情况，带够了船票钱，心想无法接受的话就返程。他甚至料想到返程船票会贵很多，却没想到贵了十多倍不止，而且他们宁愿空船去地球都不降价。

　　火星原本有过辉煌的文明，是人类最开始殖民的行星，后来人类又相继占领了金星和水星，各大行星文明因为各种原因发生过战争。"大建设"开始后，人类走向前所未有的团结，拆解了水星和金星，建立了百万座太阳城，直至今日，有些太阳城仍在不断捕获陨石和小型行星用来加建城区。火星原本的气候就不适宜生存，因此几乎所有火星人都前往太阳边缘建设太阳城，火星没有继续被照射的必要，对火星而言，太阳早早就熄灭了。

　　起初，还留在火星上的人是为了开发资源。他们挖掘核能材料，打算在这里短暂落脚，没想到几代人都以此为生，当他们的子孙想离开的时候，太阳城已经无法接纳他们，只能继续在这里挖掘核能用来生活，核能城市由此而来。这些是最早的核能城市。

　　第一次太阳系战争后，那些战败的太阳城被放逐，有些飘荡在太空

中，幻想着将来某天反攻回去，成了如今的流亡城市。有些早已不再抱
幻想，永久坠落在除地球外的各大行星上，以开发核能为生，这些是新
的核能城市，数量和体量比原来大得多。因此，流亡城市觉得核能城市
是懦弱的产物，一直看不起他们，自身资源耗尽后，便抢夺他们的资源，
名正言顺地说是要用来反攻太阳世界的，其实从未敢有过行动，这种状
况持续至今。

太阳世界相对稳定，他们觉得边缘世界的人太善于繁殖，以此为理
由拒绝他们进来。太阳世界内，城市之间的人口流动也受到严格把控，
就像古时候的国家与国家之间的关系。

由于各种贸易往来，边缘世界的人口流动则没那么受限制，城市之
间也常发生战争。第二次太阳系战争后，很多地球人看不到希望，又进
不了太空城市群，便去其他行星上的核能城市"淘金"，也有的成为流亡
城市的雇佣兵。也有流亡城市的人去往核能城市和地球寻找安稳的生活，
虽然大多会发现那两个地方的生活也不怎么安稳。

地球上流传着许多关于去外太空"淘金"发财的故事，甚至通过淘
金获得大量资源，从此跻身成为太阳人。每个人都幻想着成为故事中的
主角，古往今来，上演了无数的腥风血雨、恩怨情仇。直到上了飞船，
岑木木才发现在黑中介们口中，他们个个是不可多得的人才，是人中龙
凤、天之骄子，可落地之后，每个人都沦落到要去做最苦最累的矿工，
而且不一定有工作。

挖矿工作每七天进行一次核查，业绩不达标的会被筛下，有的是按
照一定比例把业绩靠后的筛下，再去劳工市场捞人。

从地球来的他们被黑中介运到劳工市场旁的劳务小公司，经过培训
后，合适的就签合同送进挖矿公司，不合适的就解除先前的合约，丢到
劳工市场，任其自生自灭。

很多人急于得到工作，觉得被丢到劳工市场是失败。岑木木知道在
劳务小公司签合同会被黑中介抽取提成，有可能进到挖矿公司后还被抽，

便故意在测试中做出失误，被丢去了劳工市场。他觉得在劳工市场上获得的工资也很有可能和小公司签约的差不多。但他宁愿选择前者，这样既能报复他们先前的谎话，也能有个自由身。

他坚定地认为真正成大事的机会不会在那些小公司里。

事实证明，他的判断是错的。

劳工市场挤了太多人，而且都是被小公司判定为不合格的，只有挖矿公司极度缺人的时候才会来到这里选。他每天被淹没在人群中，大多是从地球上来的人，地球上越来越多的工作岗位被智能机器人占领，人们只能来到这里谋生。很多人每天因抢不到工作而忧愁，又因联系不到家人而忧心。岑木木成为其中一员，五年前通过天考进入地球学院的他，从未想过自己有一天会沦落至此。

离开地球大气层后，岑木木就联系不到地球上的人了。他们说是设备的问题。降落到火星上后，他们使用火星上的设备，通过火星上的服务器发送，依旧联系不上。这时，人们才发觉出了问题。负责运输的人再次来回后，得知是地球与外界的联系被屏蔽了，谁也不知道发生了什么。

即将发生战争的消息再次传来，起初岑木木只把这当作网上的谣言，现在置身于火星，和大家一样有点相信了，担心起待在地球上的亲人朋友。

可他没有办法，就算回去也改变不了什么，无力感是他当今生活的主旋律。

何况怎么回去都成问题。

终于有一天，星球另一端的挖矿公司要人，路途遥远，条件比这里的更艰苦，很多人不愿意去。岑木木积极报名，得到了测试机会，并顺利通过。路途确实挺远，要坐整整一天的低空飞行车。

这是一座寒碜的核能城市，防护罩破旧得像随时都要裂开。防护罩上有很多不规则的凸起建筑，承担着各种繁琐的功能，大多已经老化。

过去殖民火星时，人类制造过大气，可以在裸露的地面生活。如今火星的大气已经稀薄，容易被太阳风吹散，城市建设了很多这种半球形的巨型结构，是"机器城市"的思想产物——即每座城市都是一台独立的机器，拥有独立的生态系统，能抵御飓风的几何结构和建筑材料，各个精密的部件紧密相连，能自我修复损伤。人类不再是享受城市生活的主人，而是城市的一部分，与城市相依相存。

"大建设"开始后，火星人拥向太阳开荒，很多火星城市被遗弃，被岁月洗礼，被风暴撕裂，被风沙掩盖，只能从那些残破的根基中窥见一丝往昔的辉煌。如今，只有核能城市会保养这种叫作"天穹"的防护罩，加固翻新，拆掉过去的太阳能板，加筑坚硬的合成材料，安装上各类武器，随时提防流亡城市的进攻。

这座被称为幸福城的核能城市空有其名，听说建设者起初的愿望是想要来到这里的人都能找到自己的幸福。或许在遥远的过去，这里真能给人幸福。建设者们也没想到，人类有一天能直接去到太阳边缘生活，而这里成了看不见阳光的永夜之地。

很多生长在核能城市的人没有天空的概念，要去到天穹之外才能看到璀璨星河，那无疑是能让人记住一辈子的旅游，毕竟租一件防护服不便宜，只有条件好的人家才能承得起。

天穹上挂着八盏巨灯，亮起时像八颗冷冰冰的太阳。听说原先有九盏，有一盏在流亡城市的攻击中被摧毁。开灯的十个小时是白天，关灯十个小时，如此循环反复。灯光被城中布置巧妙的镜面反射和散射，能照耀到每一处角落。城市没有地面，天穹下挖出的形状如细胞的纺锤体，四周的墙壁往中心延伸出巨大的藤蔓状结构，又挂着或撑着其他结构，人们在这些结构中生活。墙上还有无数孔洞，密密麻麻如各种蜂群合力搭建的蜂窝，有些的尽头肉眼可见，有些延绵到地下深处数千米，甚至远到可以与其他核能城市相连。

岑木木的挖矿公司就在其中一个孔洞，员工居住区靠近城市中心，却依旧让他感觉到有难以忍受的压抑。这些狭窄的地方能容下肉体，却不能容下灵魂。可他必须克服，接下来比这困难的事还有很多。

训练合格后，岑木木得以走进孔洞深处，去到挖矿公司的大本营。那是一片宽阔的地下空间。这里具体有多宽阔，他直至离开前也没看完。不过，这里比城市中心的环境要好很多，起码头顶有模拟天空，建筑起在平整的"地面"上，和地球上差不多，或许因为老板来自地球——这让他感到亲切，虽然他自始至终和老板没有什么瓜葛。

这里是一个小型城市，有充足的医疗、教育，公共设施配套齐全，很多人工作稳定后，会携家带口来这里生活。比另一端的城市好，不过另一端的人都说这里是"蛮荒"之地，岑木木不知道他们为何盲目自信。不过，想到地球总说核能城市非常艰苦，居民苦不聊生，吃土生活，他也曾相信，来到这里后才知道，很多核能城市比地球寒冷上的沉降城市的生活条件好得多。

这座核能城市除了入口，其他都藏在地下，算是真正意义上的沉降城市。只是现在的人类习惯以能源为中心定义城市的性质，所以这里的城市降得再低，都摆脱不了核能，也摆脱不了核能城市的称号。地球上的人类因为这个称呼，认为这里生活落后，是一种先入为主的偏见，也是对太阳能的盲目崇拜。

如今信息传播的方式多种多样，能以光速到达，可当根深蒂固的观念形成后，再充分的证据在对方眼里都是一种谎言。

要是在过去，岑木木会与他们争辩、论证，可现在他毫无欲望。别人怎么看是别人的自由，愚蠢的力量极其稳固，即便在这件事上说服对方，他仍会在另一件事上犯蠢，何况在这件事上说服他人也是一个巨大的难题，愚蠢带给人盲目的同时也给人莫名其妙的自信和勇气。当然，也有可能错的是自己，或许当今地球真有一群养尊处优、无忧无虑的人，在他们眼里可能太阳城的人都很辛苦。岑木木用这样的逻辑让自己保持沉默，仿佛保持沉默了，生活就不会坍塌。归根结底，一切都是因为生活的重量压得他难以喘气，对很多事都失去了欲望，只对触手可及的功利保持追逐的热情。

岑木木还想过要在这里生活，不过只是无聊时的瞎想。

这里的工资确实比地球高得多，而且是等值货币，各种物资却极其昂贵，生活成本高到离谱。不难理解，核能要经过层层转化成为光能，再生产动植物，产能不如有阳光直接照射的地球。挖矿工作虽然能让他保持相对好的生活条件，却没办法省钱。他记得自己为何而来。

挖矿车直接在大本营生产、组装，在工人的操作下从孔洞钻入地下挖掘铀矿，经过不断破损、修复后退役，身体被打碎，重新提炼有用元素，一辈子都在地下，没见过外面世界的宽广、多样，没见过火星大地上的沙尘暴的凶残，也没见过浩瀚星空的壮美，算不算一种悲哀？不过，没见过的话，就不会知道星空的美丽，就可以忍受黑暗。最害怕的就是见过美好的事物，却没办法接触……岑木木进入漫长的工作周期时，心里会反复想这些无聊的感性问题。

这算是内心无意识的衍射，没有生命的矿车见过星空后能不能忍受再回到黑暗的痛苦，他无法验证，可有生命的他见过太阳城后却很难忍受这里。当年他满怀壮志，迈向新的开始，不会想到会回到地球做了五年配送热储的工作，简直从天上摔到了地面，更没想到摔到了地下——还是火星的地下。

情绪陷入低谷时，他又自我安慰，其实火星并不差，起码不会太冷。起初，他享受在车里的高温，过一段时间便受不了了，便打开降温器。他喜欢反反复复做这些事。

可惜这里没有他牵挂的人，不然真可以考虑定居，让他甘愿放弃美好前程的人，已经快一年没联系上了……他日思夜想着母亲，母亲是世界上最好的人。

休假之余，如果绩效可观，他会花点钱租赁户外服，去到天穹外看星星，这是生活中唯一的奢侈。夜空中那颗明亮的星是地球，是他思念的家园。他会坐在一个地方静静看着，在异乡为母亲祈福，自己也能因此获得许多动力，再一次钻入地下，为未来奔波。

挖矿车是个半自动机器，装载了弱AI，说话有种笨笨的语调，能辅助岑木木执行一些任务，却无法缓解他的孤独。

第二次太阳系战争期间，地球使用全智能机器给太阳城造成重创。战后，太阳政府修订《太阳系行星公约》，限制了各大行星开发智能机器人以及开发重大杀伤力的武器的行为，火星依旧遵守，地球却出现很多可以代替人类执行任务的全智能机器，或许这事和地球通信被封锁有关。岑木木只是胡思乱想，偶尔还想到人们口耳相传的战争已经发生了，他在战争中承担的角色各异，有时是乱世枭雄，有时是失去家园和亲人的难民。他在这些幻想中或激昂，或悲伤，或迷茫，或坚定，得到最宝贵的作用就是消磨时间。

生活的参差在此得以体现：天考前他争分夺秒，现在却把时间当成枷锁。

配送热储是用体力换取钱财，挖矿工作则是用孤独换取。

其实，可以三两个人一起挖，可矿车一个人就可以操作，多余的人除了解闷，毫无作用，但岑木木不想让更多的人分钱。因此，他保持一个人行动，孤独从未如此真实，像有了质感，包裹在皮肤的每一寸。矿车搭载的数据库有数不尽的电影、游戏，还有远古时期用纯文字写成的小说，却都提不起他的兴致。他认为虚幻的东西不可信任，真实才是生活的意义所在。

挖矿工作并不困难，可以挖掘很多矿物资源，铁、镁、铝很容易装满，因此往返的路程比较频繁，赚得不多。挖掘稀有元素赚得多，尤其是适合做核原料的钶、钍、镁、铀、镎、钚等重元素，却需要比较长的周期。矿车空间大，有独立生活区，可以装载足够的生活用品，生活垃圾会被压缩储存。可以去公司有产权的矿洞开采，这类矿洞比较保险，有一定的资源，但经过了探测，不会有太大的机遇。岑木木选择独自去公有地带探索，朝着地底三维图上没有人去过的地方，一边探测，一边挖掘，两三月往返一次，幸运的话能捞一大笔。

收益越高，风险越大，出了什么问题的话，有可能就永远留在地下了。岑木木想搏一搏，照这样下去，他能在预期的时间回地球。他并不后悔放弃去太阳城的机会，却不知道该不该不辞而别来到这里，他只能努力把一切做得更好，赚钱、攒钱，然后回家，为母亲购买那套设备，让她重新过上正常人的生活。

有一天，车载弱 AI 用笨笨的童声说："主人，主人，收到求救信号。"

岑木木第一次收到求救信号，在弱 AI 的引导下，花了两天时间钻到信号发射区，和对方碰了道。挖矿时，矿车会钻出一条条矿道，在他们的术语中，碰道是两条矿道相撞。他沿着对方的矿道行驶不久后，看见另一辆矿车一动不动，想来是出了事故。

岑木木穿上矿洞专用防护服，手里拿了一件，然后打开车门。对方的车门没锁。他推门进入对方车里，看见一个目光呆滞、顶着一头鲜艳金发的同龄人。他正全神贯注盯着门口，仿佛知道了他会来。

"咋出来个男的？"对方痛苦地号叫，"宇宙啊，我要的是大美女！"

对方继续叫："宇宙啊，生命的最后时刻，麻烦赐给我一个大美女吧！我保证什么都不做，只想谈个非常纯洁的恋爱！"

岑木木问道："你好，你是遇到了什么事吗？"

对方听到他说话，露出比他更大的疑惑，好久才问："你是真人？"

"我是不是真人，可能要取决于你目前的精神状态。"岑木木说，"你没事的话，我走了。"

对方突然哇哇大叫，跳过来把岑木木扑倒。岑木木惊恐地挣扎，对方虽然瘦小，且面容憔悴，力气却非常大。也许是岑木木穿了防护服，身体不够灵敏。他还没反应过来，对方已经骑在了他身上，把他的双手扣住，再用头颅狠狠砸下来。他听到"轰"的一声响，自己的头颅被他猛撞一下，后脑勺磕在地板上，旋即头骨破裂，血液飞溅，生命从这个伤口快速流逝。他像是要死了。

后半段都是他的幻想。在地下待得太久了，他产生了幻觉。

对方没有用头撞他，而是用力亲了一下他的脸，然后又亲了一下额头。

在岑木木的惊愕中，对方的话语惊喜满溢："是真的人，宇宙啊！啊啊啊啊啊，是真的人，我得救了！"

两人平静下来，起身整理凌乱的衣物，气氛有些尴尬。

"不好意思，有点激动，有点上头，我以为自己死定了。"他说，"我叫林小响，没想到你能来救我，以后你就是我亲兄弟！"

见岑木木不说话，他补充道："如果你愿意，你想当我爹、当我祖宗都可以！"

"我叫岑木木。"岑木木说，"我在附近寻脉，顺路来看一下。"

林小响以为这是他的客套话，害怕他狮子大张口，毕竟自己穷光蛋一个。

林小响感谢过后，没多说什么，正式请求岑木木把自己的挖矿车拖回大本营。

岑木木本来也准备回去了，顺便帮他拉回去也没啥。

回到大本营，岑木木和林小响告别。林小响满脸疑惑，问岑木木："就这么走了？"岑木木更加疑惑，以为他要碰瓷自己。林小响拦住了他，问他难道没有什么要说的？岑木木想了想，说下次注意检查车辆，不要再开这种容易事出故的车了。岑木木急着去矿拿绩效，要是工作人员下班了，就得守到明天，小偷很多。

林小响忽然热情起来，跳过来抱住他，说："兄弟，你真的就是我亲兄弟！"

岑木木救他的时候已经听他说过这话，觉得是被救的人太兴奋，如果是异性的说不定要以身相许，并未当回事。不过，对方一路上很沉默，现在又热情，不免让岑木木感到奇怪。

"没啥奇怪的，我怕你要太多救援费。"林小响坦白，"我们这行有种说法，被人救了，人家要多少救援费都是应该的，被救的也不能拒绝，不然命迟早还要还给大地。我怕你说出一个我承受不了的数，那我就要给你打一辈子工了。"

岑木木问："现在说数还来得及吗？"

"呃……可以。"林小响突然后悔自己说那么多。

"吓唬你的，我带你回来是顺路，不消耗什么。"岑木木笑着说，"你要是非觉得要补偿，那就帮我加满燃料吧。"

岑木木的要求让林小响暗暗松了一口气，后者马上答应下来，约定了时间。岑木木走后，林小响细想这事，觉得岑木木真的是个行为举止非常得体的好人。他从未见过这样的好人。得体的好人不会一味地付出，而是帮助了人，却不挟恩自重，又接受适当的回报，让被救的人不至于背负太重的恩情包袱。

岑木木休息了几天，又要出发，被林小响堵住，要给他加燃料。他都忘了这事，已经自己把燃料加满了。林小响约定回来后要给他加满。林小响想了想，突然又说要跟岑木木一起去，路上可以有个照应。岑木木答应下来，一人一辆车，并不影响，他太无聊了，确实希望有人陪自己说说话。

林小响话挺多，起码比岑木木多，确实是个不错的伙伴。两人继续前往无人之地开荒，寻找稀有元素的矿脉。他们途中聊许多事。林小响多次提到岑木木救自己，强调要把他当亲兄弟，岑木木不断解释只是举手之劳。

"我不救也会有人救。"岑木木说。

"看来你刚做这活儿？"林小响的声音从低频传声器传来。

"做了大半年了。"

"你是哪里人？"

"地球。"

"噢，地球人，讨厌的地球人，把我们的活儿都抢了。"林小响愤愤地说，似乎觉得不对，又补充一句，"你不讨厌，你是最好的地球人。"

"你说得没错，地球人中也有不少恶心的人。"

"我那天去的区域是危险区，也就是空洞区，容易出事，你和我这种不要命的才会去。"他继续说，"就算有人去，也不会救我的。"

"我不是人？"

"你不一样。你是好人，我见过最好的人。"林小响再次强调，"但你听说过吗？在地下，有人会故意放出求救信号，等你去救的时候，把你抢了，还会杀人灭口。这种鬼地方，死了就是死了，没有人查，也查不到。"

"我没想那么多。"岑木木实话实说。

"还好你没想太多。你要是想太多，我就没救了。好在我不是那种人。"林小响说，"你知道车上为啥没监控吗？挖矿车没有监控，是我们这行公开的秘密，这意味着只要你能拿到资源，用什么方式都可以。"

"是这样吗？"岑木木惊讶不已，"我以为只是装监控用处不大，他们只想让我们去多挖矿，不想多管其他事，没监控会方便很多。比如按照幸福城的规定，公司必须要制定规范挖掘，可有人会为了多一点儿收获，去违规操作出问题的话，没有监控，公司顶多做出赔偿。有监控的话，有可能会被相关部门问责。"

"你说的对，我说的也对。"

"有没有可能是你想多了？应该没人那么缺德。"

"可爱的地球人啊，这可是核能城市，没有阳光的核能城市。"林小响乐得哈哈大笑，"这里的人以能源为中心，为了得到能源，他们愿意把火星拆了。建设太阳城市群的时候，太阳人也把水星和金星都给拆了，毁灭了两个世界……我的意思是说，人没有我们想的那么好。"

"我来这里接触的人不多，很多事不懂。"

"我不是吓唬你，我干这个十几年了，相当于你们地球时间的二十多年。我认识很多人，有十六个人死在了下面，我不相信都是事故。听说的事情就更多了。"

"十几年，那你岂不是小时候就下来了？"

"刚才说了，只要能拿到资源，怎样都可以。"

岑木木挺震惊的，被林小响说的内容震惊，也因他已做了十多年这件事。

母亲以前常说，很多人比我们难过多了，他们过得下去，我们也过得下去。岑木木那时不知道为什么要和别人比。现在，他忽然理解了母亲。他觉得这里是地狱，恨不得早点攒够钱离开。林小响却能习惯这样的生活，并且还挺开朗，而自己却沉迷于精神内耗，多愁善感，抑郁、消沉和多疑。

林小响不知岑木木为何沉默，他也沉默了一下，才说出真心话："我从小相信，人没有我们想的那么好……可是经过这事，我的想法改变了，人也没我想的那么坏。"

往来用了两个多月，时间不再漫长，比前一次轻松多了，岑木木在心中感谢林小响。经过语音通话朝夕相处，两人熟悉了彼此。林小响出生在核能城市，不知道自己父母是谁，是被一位老人捡到的。老人死后，他自己靠挖矿生活。如此对比，岑木木觉得自己幸福多了，起码还有一个世界上最好的母亲。岑木木也和林小响分享了自己的过去，从小和母亲相依为命，还有几个朋友，父亲出远门，回来过几次，他来这里是为了给母亲治病。他没说自己通过天考却回到地球上的事。

"如果我的妈妈病了，我也会努力赚钱给她治。"林小响说，"兄弟，我很支持你，你比我想象得更了不起。"

林小响没有要治病的妈妈，唯一的亲人也不在了。他卖命工作不是为了啥责任，只想少劳多得，甚至一劳永逸。他工作时很勤奋，经验充足，能带岑木木找到稀有矿物丰富的地方，经常一个月就能回来。

不过，他不想干太久，以往都是干散工，出去一次赚钱回来，有时尽情挥霍，有时用最低的消费生活，没钱了才又去干。

有次回来后，林小响用矿物换了钱，带岑木木去城区享受最好的服务，玩最刺激的虚拟现实游戏，吃最鲜美的食物。岑木木知道他要感谢自己，和他疯狂了一次。下一次林小响还想这样，岑木木拒绝了。林小响知道岑木木要赚钱回地球，没有强迫他，自己去玩了。岑木木以为又要单独行动，他按照惯例休息了五天，自己开车去工作。没开出去多远，低频传声器传出林小响的声音，责怪他不等自己。岑木木这才发现原来开朗的他也需要陪伴。

此后两个人挖矿回来，岑木木休息，林小响自己去玩，有时候玩两天就回来，有时岑木木出去几天他才追上来。

有一次，林小响走错了路，哇哇大叫，让岑木木快点儿过去。

此后三个月，岑木木都处在一种昏沉沉的幸福状态中，以为自己在做梦。他多次检测车内的矿物，弱 AI 用笨笨的声音不断确定，他才真的相信林小响发现了一座超级富铀矿。

林小响非常愿意跟他共享，说用它来报答他的救命之恩。

两人租赁最快最大的矿车疾驰，往返路程用十二天，装满一车铀原料只用半天，比以往效率高了数十上百倍。为了不被人注意，岑木木离开了原来的公司，和林小响成为散工，轮流换公司，有时故意把货故意囤久一点儿再去卖。

只过了五个月，岑木木就赚到了比目标中多得多的钱。

他委托火星最有信用的银行转了一半的钱回去，之前不转是不放心，不过现在就算银行倒闭，他也能再赚回来。他当初打算赚够了钱，就回家陪母亲，现在却想要更多。他不但想给母亲买那套装备的最高配版本，还想给母亲买一套宽大的沉降房，而且要一级供暖，甚至幻想带着母亲去太阳城治病。

林小响和岑木木谋划许久，并不满足于只做散工去倒腾。他们打算先赚够一笔启动基金，注册公司，把矿脉的区域买下来，再招聘工人开采。有了这富矿，岑木木没有必要再节俭，和林小响住进了城中最昂贵的服务区，日夜策划着宏图大梦。他们在短短时间内就完成了原始积累，拿到公司资质，花光所有积蓄购买了土地和设备。两人相拥而泣，终于熬出头了。他们买来最好的酒菜庆祝，喝得烂醉如泥，明天醒来将是新的开始。

半夜迷迷糊糊间，岑木木听到一阵阵巨响。

岑木木怀疑是买到了假酒，想着明天要去和卖酒的那家店理论理论。不过又想想，他们也是为了生活，卖点假酒没事，毕竟自己不缺这点儿钱。响声持续，直到各种叫声、哭声、喊声、敲门声传入耳中，他才发现不是幻觉。

他打开门，林小响出现在眼前，满脸惊恐地吼道："流亡城市进攻了！"

岑木木跑了出去，此时他身处城市中心的藤蔓上，能看到天穹破开了一个大洞——原来刚才是氧气流失导致的呼吸困难。

透过那口大洞，他能看到星空中飘浮着一只巨大的怪兽。怪兽皮肤黝黑，翅膀破裂，产下密密麻麻的卵。卵从洞口飞进来，幻化成一艘艘喷射激光的飞行器，在城中大肆破坏。他的脑海一片空白，瞳孔中映射着城市烧起的熊熊大火。

七

城市化为火海，数不清的火人在奔跑、在挣扎、在打滚、在谩骂、在号叫、在哭喊、在求救、在绝望……王真我通过实时全息看着这一切，面无表情，让身边的人不寒而栗。

如果神话中的恶魔真实存在，他肯定能排得上名次。

直到战场化为灰烬，他才满意地离开。

王真我去到近地轨道的地球管理局空间站，找到李守阳，把全息影像放映出来。看着眼前圆柱形的黑罐子，李守阳不知道是什么。王真我指着罐子底部黑黝黝的东西，放大投影，放大，再放大，把李守阳吓得从椅子上跳了起来。

王真我关掉投影，脸上似笑非笑，似乎很满意这场捉弄。

李守阳抚摸胸腔，缓缓呼吸，心态慢慢平稳下来。

刚才那堆东西，是无数被叠起来的烧焦的尸体……

"李局长又说很喜欢战争，这是我给您精心准备的礼物。"王真我笑道，"还怕您嫌弃不够真实，我让技术人员使用最先进的全息设备矩阵录制，防火防水，比肉眼像素还高百倍，从战争开始录制到结束。每一个人都有特写，你可以戴上同感器，倾听孩子的哭泣、父母的哀号、老人的挣扎。不过，很抱歉，不论从谁的角度，结局都比较单调，就是成为您刚才看到的尸体中的一具，由此我得出结论：最能为战争代言的不是枪炮，而是纯正的烈火。"

"我还以为你身为地球人，不愿意看到战争发生，没想到你最享受这种毫无人道的屠杀。"李守阳评价道，"我没有兴趣了解你变态的诗意，希望你这样做有充足的理由，并告诉我你的收获。"

"我们要把地球的能源占为己有时，就已经给他们判了死刑。"王真我说，"区别在于，有些人在漫长的绝望中度过一生，知道自己或者子孙将会面对太阳熄灭，能源枯竭，却没有任何办法改变。我只是让一些人痛快地提前结束，开始新的人生，倘若从古至今流传的轮回之说成立的话。"

"你错了，我们不是占为己有，是为了更多需要的人。"李守阳纠正道，"这些事在过去发生过，以后还会发生。在可见的未来，人类的数量仍旧会增长，当太阳的能源都不够用了，肯定会发生新的战争。人类的战争从来不是基于什么远大的理想，都是为了基本的欲望。"

"发动战争的人总有一百种理由发动战争，还有一万种理由远离战场……"

"说我想听的。"李守阳不给他继续散发诗意的机会。

"他们想建设以地热能为主要能源的内循环城市，城市主体位于地壳与地幔之间，深度三万到十万米。人类在公元时代就已经可以开发地热能，随着太阳照射时间的减少，地表降温，开发难度有所增加，但这不是大问题。对他们而言，最大的难题是巨型结构、内循环和人造太阳。他们原本只是隐秘地建设，为了解决这些问题，他们开始发出征召、求援，尤其是向从地球去往太阳城的那些人，这就是地火计划。"王真我用简洁凝练的语言概括了他追查两三年的结果，"此外，他们还征召了很多平民，组建军队，自称静默军，似乎料到战争会发生。"

"军队有多少人？"

"不知道，我们找到了一座城市，一共有三万人。"王真我说，"都烧死了。"

李守阳还没问为啥都烧死，王真我抢先说："烧死是为了永绝后患，关进监狱容易被外界知道，既然决定发动战争就请不要仁慈……我有个计划。"

"说。"

"发现一座，焚烧一座，到最后一座再拿到技术。"

"这算什么计划，只是恶趣味。"李守阳的语气非常满意，尽管大多信息他早已得知，"有多少座地热能城市？"

"我随机抽取了五十个俘虏，用脑控思维读取器发现数据不一，大多倾向表明有九座。"王真我说，"两座涌进岩浆成了死城；六座完成了，但有缺点。现在是军队的驻扎地；有一座叫作地火9号的，在用最新的技术理论建设。地火9号是我们的目标，其他的都是坟墓。"

"你觉得太阳城没有开发地热能的技术？"

"那我都烧了。"

"还是留着最后一座吧。"李守阳说，"我们确实还没技术，因为很少有人在意地球，没想到地热能含量这么丰富。我们要突破很简单，直接用他们的也行，算是对他们劳动成果的致敬，甚至以后还可以给他们树碑立传。"

"这一次进攻我们伤亡不小，而且还是突袭的情况下。"王真我说起酝酿许久的话，"现在其他城市已经有所戒备，或许其他城市人数更多。"

"你不是在征兵吗？"李守阳说，"你也早就料到战争会发生，给你自己掌控的公司发展智能机器人，造成很多人失业，都是为了现在的征兵大计吧？我都默许了。如果太阳城知道你违反《太阳系行星公约》，你猜会是什么后果？"

王真我沉默了。他沉默许久，却没有离开的意思。

"行，武器和能源我会送到你手上，不比戴雷德的差。"李守阳妥协了，"希望你不要只看眼前利益，这事完成了，你会得到千百倍的奖励……不对，是分成。不是我给你的，是你自己通过努力拿到的。"

王真我不相信李守阳承诺的武器和能源会比戴雷德的好，但嘴角却忍不住勾起。

他站起来，歪着身子对李守阳做了个调皮的鞠躬姿势，以表感谢，然后告别离开。

李守阳看着他的背影，一直板着的脸舒展开，露出心满意足的微笑。相对于戴雷德那种驾驭怪兽游走在黑暗太空中的恶人，他还是喜欢王真我这样心机不太深的年轻人。他一生被困在政治的旋涡中，能理解王真我之前为什么不在这事上积极，却提前征兵按着不动，表明自己有做成这事的实力，是为了得到更多利益。所以，他带王真我去找戴雷德，构建自己的手段：让两人形成竞争，自己渔翁得利。

王真我形于色的喜悦在回到自己的飞船上后立即收敛。他早料到会成功，李守阳身为地球管理局一把手，虽然管理着地球，却没有合法的权利掠夺地球的地热能。这是见不得光的事，没有高尚的理想，发动战争是利益驱使下的行径。

回地球的途中，王真我沉默不语。他习惯了表面沉默，内心翻涌。

他身为地球人，自然不想发动战争，更不想把地球的资源交给原本就富裕的太阳城。可是，从第二次太阳系战争起，地球维和政府就受地球管理局管控，李守阳随时可以剥夺他手中的权力。何况天上还有一个控制着流亡城市的戴雷德。

不论如何，地热能都不属于地球，区别在于其中的一部分是属于戴雷德还是属于他。还有一种可能，即便他做好了，李守阳却不会兑现承诺，他的策略是一边打仗一边让他提供物资，壮大自己的实力，保证将来有威慑的能力。

他知道李守阳的想法，他知道李守阳也知道他的想法，他还知道李守阳知道他知道他的想法。他们明白彼此的心思，却不能敞开说，只能通过精湛的演技表达、绕弯、拉扯。

这就是政治，他用尽手段，穷尽一生的努力也摆脱不了的政治。

王真我的飞船刚离开空间站，另一艘飞船恰巧降落。

李守光没想到，那艘在停靠站和他擦肩而过的飞船，坐着他的学生。他曾劝过王真我，放下地球的仇恨，在闲云城重新开始。他更没想到，这个为了权力回到地球的学生，有一天会变成沉迷于烧人的战争狂魔。

在李守光心里，地球上的学生想留在太阳城还是回到地球并不重要，重要的是他们的追求是什么。王真我的追求让他失望，赵芽的追求令他骄傲，可这两个都是与他不再有瓜葛的人，他无法再干涉。与他脱不开干系的亲兄弟李守阳也曾是个有追求的人，他鼓励他以前的追求，却因他现在的所作所为而愤怒。

李守光从赵芽那里看到了征召信，得知有一群人在地球万米的地下静默，想要建设地热能内循环城市，应对太阳熄灭。他尊敬、敬佩那群埋名隐姓的人，他们有着和自己一样的追求，为生民立命，为万世开太平。

继赵芽之后，越来越多的学生回到地球，有还在读书，但学有所成的，有已经能留在太阳城的，他们甘愿放弃美好的前程，投身于地底下的伟大事业。起初，学生和地球的通信被阻断的时候，都以为是设备维护，直至过去好长一段时间，他们才得知是故意封锁。他们不断向管理部门反映，得到各种借口，最后是死寂的沉默。没过多久，回地球的交通也被封闭。那些还在犹豫的人，和那些比较晚收到征召令的人，再也没法回去。他们从出生就习惯了地球人不能自由前往太阳城，却无法忍受被阻止回家。他们想通过网络曝光，却被限制了权限。他们在现实中向身边的太阳人求助，得到的是冷淡和无视，唯独李守光愿意为他们出面。

李守光这次前来也是为这事，他找到身为地球管理局局长的弟弟李守阳询问情况。李守阳非常兴奋地告诉哥哥自己的计划，想让他支持自己。

"我们的理想要实现了！"弟弟李守阳兴奋地说。

李守光有点恍惚，两兄弟的理想，好像是快两百年前的事了。

两千多年前，第一次太阳系战争结束后，太阳城重新排列。获胜的城市得到更多向阳面积，战败城市的向阳面积被缩减，甚至有些战败城市被驱逐成为流亡城市。闲云城是战败城，向阳面积被隔壁的获胜城割掉了大半。闲云城起初的措施是拆除不必要的娱乐设施，将大量能源用来维护民生。可是随着人口数量不断增加，即便将所有能源投入民生，仍旧不够，只能从其他城市购买能源。第二次太阳系战争后，闲云城又需要对地球开闸——在特定的时间段让阳光透过吸热薄膜射向地球——并建立地球学院，安置地球上的那些通过天考的学生，由此更加不堪重负。

在太阳城市，所有价值的最底层都是能源，以及被能源孕育出来的人。

能源充足，能售卖能源的城市统称正能源城，正能源城无所谓大小，而是有效吸能总量大于城市所需能源。反之则为负能源城。

负能源城购买正能源城的能源，意味着要与其建立经济往来，需要不断输送人口资源。正能源城的能源充足，加上在"大建设"时期就已成熟的全智能机器科技，所有的行业都可以无人化，因此被输送到正能源城的人多半进入服务行业，用来满足被服务者的支配欲望。

人人平等是人类文明产生的最伟大崇高的理想。这个理想被无数人在漫长时光中追求，也被无数人在漫长时光中践踏。而早在公元时代，就有人提出"经济是不平等的体现"，因为经济的本质是物质精神的交换，交换是付出和获取的行为，需要交换意味着仍有缺乏。缺乏源自生产力不足，如果完全解放产生力，人人都得到满足，便意味着不再需要经济。人口还未大爆炸的时代，人类建造的太阳城数量足够，有过这样一段完全解放生产力、人得到满足、人人平等、没有经济的乌托邦时代。后来，即便发生伤亡比人类过去历史战争伤亡总和还要多千百倍的第一次太阳系战争，也仍有城市梦想回到那个时代，可经济的重生意味着美梦彻底破碎，那些正能源城完全可以给负能源城免费提供能源且不影响自己的生活质量，却要以此换取对生产无用的人力资源，单纯用以使唤、指挥，满足人性的欲望。

李守光和李守阳两兄弟从小就得知，父母在其他城市工作，就是听从他们的主人的使唤。太多人被输出从事服务业，闲云城因此变成太阳城中的"下等"城市，两兄弟从小的共同梦想就是解决能源问题。

快两百年过去了，两兄弟都在坚持最初的梦想，道路却不相同。李守光想通过研究巨型结构和能源转换，提高太阳能转化效率，以此解决闲云城的能源问题。此外，他也可以提高人造太空飞行器的速度，在可以接受的时间里去往比邻星，获取其他恒星的能源，而不是像过去那些流亡城市，迫不得已出发，在有生之年都看不到希望。

李守阳的方法更加简单直接，他想得到无人可以撼动的权力后，修改《太阳宪法》，废除第一次太阳系战争的条款，让正能源城分享空间、资源给负能源城，让所有太阳人都平等享受阳光。两兄弟的理想都是基于改变家园，也是为了所有太阳人的未来，有大爱之心，获得很多人的支持。

"如果我没有记错，我们当初拒绝过不正义的想法，更别说用掠夺的方式。"李守光说，"希望不是平行宇宙的我们说的。"

"哥哥，我们都快两百岁的人了，怎么还能说出正义这个词。"

"一个饥饿的人，不想着种出粮食和更公平地分配粮食，而是想着去吃一个更饿的人，这算是什么？"

"算是历史的经验：人吃得最饱的方式，还是吃人。"

两兄弟为变质的理想发生了争吵。李守阳歪理很多，尽显阴谋家的德行。李守光一生耗在研究之上，精通各种严谨的物理数学公式，思维的活跃基于真理之上，无法像弟弟那样把黑白颠倒当成常态。

"你不应该阻止他们回去，很多人只想看看家人。"李守光只能回到具体的事上说，"就算加入地火计划，也是为了发展建造技术，想早日建成地热能城市，和你的追求不矛盾。"

"你怎么知道他们不是要发展战争技术？"

"他们应该有自由。"

"战争将要发生，他们回去也是送死。"李守阳说，"我这样做是为了避免不必要的牺牲。他们能来到闲云城，是多少人求之不得的。我们自身都面临能源危机，还要接受他们，还要给地球阳光，现在也需要些回报了！"

到了这一步，两兄弟谁也说服不了谁。有人开始说了狠话之后，开始陷入争吵，最后不欢而散。李守光知道这一次来依旧没有用，可是地球正在发生的战争让他愤怒，他不想吵架，尽管多年的从教生涯让他养成了收放自如的脾气，却在和弟弟见面后不到三分钟就又吵了起来。李守阳已经为自己的所作所为构建出完美的理论基础，不论李守光怎么试图推翻，他都能从历史规律、人性善恶等角度反驳，站得住脚的同时责怪他太过理想。

吵完架后，李守光才做想做的事——宣布和他断绝兄弟关系。

两兄弟从小感情就好，几乎没有争吵过，长大后相互扶持、相互鼓励，没想到一争吵就闹到这种程度。

李守光无法容忍亲兄弟做这样的事，认为太阳城再怎么困难，都没有必要去掠夺地球能源。用一群人的"困难"甚至灾难，成就另一群人的幸福，这无疑是文明的倒退。他虽然德高望重，却没有实实在在的权力，没办法阻止这些事的推进，只能用这样的方式。

李守阳将这视为一种幼稚的抗争。

他明白哥哥内心的矛盾，因为他的内心也从未停止过挣扎。

他年轻时兢兢业业，从底层拼搏到了闲云城政府高层，别人认为的人生目标对他而言只是开始。他大半辈子恪尽职守，终于进入了太阳政府的权力中心，却发现在权力最高处的不是人，而是太阳母神——人类历史上最先进的人工智能，它的躯体不在某座太阳城，而是整由整十六座太阳城构成，均匀分布在太阳城周边，与每座城市的城市母神协同运作，保证太阳城市群的稳定运行。

人类的太阳政府不被人类指挥，而是最终听令于太阳母神。太阳母神听令于全体人类，却不受单个意志的影响。因此，在太阳政府里面，高官的作用在于执行和提供建议，最终决策都要经过太阳母神。

太阳母神的出现源于第一次太阳系战争的一次漫长的人道主义反思：为何科技进步到了这个程度，人类却仍跳不出历史的怪圈，还需要通过战争来解决问题？

战争牺牲了千百亿人，数以万计的城市被打碎，飘进星空，坠入太阳，不论获胜城还是战败城都陷入沉重和悲痛之中，那是整整几代人的伤痕。如果战争前有一个能让所有城市都尊重的人，或者说不得不尊重的人出面，进行有效的调解，就不会发生这样的悲剧。不过，让所有人都尊重，或者说不得不尊重的，一定是人吗？显然，人口基数如此之大，分布空间如此之广，人类的个体或说组织已经不具备这样的能力。

超智能 AI 太阳母神因此被创造，以保护太阳城市群稳定繁荣为使命。它绝对公正，没有人敢违逆它，否则会被它视为破坏太阳政府的人，会被驱离权力中心。如果胆敢发起政变，需要掂量一下自己的实力，能不能抗衡人类历史最强大的军事力量：太阳舰队。这意味着李守阳想要达成目标，需要大部分太阳人同意改革，不计前嫌，从城市大小、人口数量等得出适宜方案，重新排列太阳城市群。

年轻的他相信人的本性是善良的，时代是进步的，很多人愿意支持他，于是他为了这事四处奔波。转眼已不再年轻的他，发觉人是复杂的，不是非黑即白，需要鼓舞公正的人去改变自私的人，只要坚持下去，这事还是有可能做成。如今已日渐衰老的他，才彻底明白，哪怕自己的寿命增长十倍，也没有能力改变现状。

太阳母神终归只是人类集体心理的映射，现实的困难在于人的复杂本性——不是绝对的正义、良善和仁慈，也不是绝对的邪恶、残暴以及自私，而是复杂的结合，像一种水溶于另一种水，一种空气混入另一种空气，一种泥土掺杂另一种泥土，黑白之间有一条漫长的过渡带。

所以，李守阳的唯一希望不是要推翻太阳母神，抑或推翻太阳政府，而是要毁灭人的根本。这样的事只能在睡梦中做成。即便在梦中，也会遇上很多困难，第三次太阳系战争打响只是开始，世界会变得一塌糊涂。而在现实中，对他打击最大的，是他为太阳政府奉献了大半生，最后却要去到地球管理局。这对太阳人而言无疑是"发配"或"流放"。

李守阳带着怨气来到地球管理局，发现在这个不受太阳人关注，却影响地球人的职位上，有很多可乘之机。过去的他唾弃这种以公谋私的行为，现在他只想在任期内多为闲云城争取一份利益，其中减少照射时间最有用。经过剧烈的思想斗争，他重新定下目标，要全力推动太阳熄灭。

太阳直接照射地球会造成大量能源流散在太空中，即便照射到地球上的那些，以地球上的科技也只能得到一小部分。不再照射地球，可以给闲云城减少很多负担。至于地球人，原本他还想过他们的出路，考虑为他们在太阳城建造延伸区，或是从闲云城高效收集能源后再运去地球。在了解地球的历史后，他也无力再关心这群发动第二次太阳系战争的罪人的后代——他们的繁衍能力太强了。

此后，他不再在意减少太阳照射时间对地球人的影响，渐渐觉得地球人是累赘，阻止地球的科技和医学进步，阻止前任审批的和地球人研究冰寒症的政策，等等。想来等环境继续恶化，足够艰苦，地球人或许不再愿意生养后代，更有利于他在生命的最后推动太阳熄灭。

发现地火计划，得知地球内还有这么丰富的能源后，他想到的不是帮助地球，不是共享，而是全部掠夺。

不能给地球人任何希望，否则他们将会再一次斗志昂扬。

目标仍旧遥不可及，兄弟情谊的破碎却无比真实。他虽然嘲笑哥哥，内心却很欣慰，哥哥还是以前的哥哥，是儿时的两兄弟的延续。现在的他已经不再是当年有志向、有良知的两兄弟中的一个了。现实已将他完完全全改变，他只能戴上面具继续向前。

李守阳知道是夏风告诉哥哥地球发生了战争，可他不怪夏风。夏风有这样做的理由。他想过让夏风去劝说哥哥，想想还是算了。哪怕用尽办法改变了哥哥的想法又怎么样？在现实中，哥哥帮助不了自己多少，还是让他继续这样下去，起码心里能安定些。

夏风知道了这事，没和李守阳打招呼，还自作主张地去找李守光。

夏风觉得自己和老师情感深厚，起码他在主观上认定李守光老师是自己的大恩人。他还是一个从地球而来的学生时，李守光老师就很关照他，在学习上，也在物资上，最后帮助他留在了地球学院工作，这是无数人梦寐以求的事。

面对学生的拜访，李守阳即便情绪低落，却依旧做饭招待。

他喜欢做饭，因为能放空大脑。夏风给他打下手，和他聊很多事，让他压抑的内心舒缓了一些。他本可以只静心做研究，却要身兼教师之职，就是喜欢和年轻人相处。只要和他们聊聊天，就能被他们身上的朝气感染，那种生命力可以在自己逐渐苍老的内心点一把火。

夏风在饭桌上提到两兄弟的事，令李守光有些不悦。有学生陪，又能做饭，本是好事，没想到夏风接着表达自己的看法，明显在为李守阳的所作所为辩解。李守光的嘴巴慢慢僵硬，脸色也暗下来。这个向来高情商的年轻人太过拔高自己的地位，似乎把自己对他的好当成理所当然，不知道这些话非常不合时宜。

哪怕李守光脾气再好，说话的语气也忍不住冷了下来，想以此暗示告诫夏风不要得寸进尺。

没想到夏风竟然逐渐失去了尊重，和恩师争吵了起来。

对李守光而言，令他伤心的不是夏风的态度。他遇到过很多从地球而来的脾气不好的学生，明白他们在那样的环境生活，人格上稍微有缺陷，并无大碍，因为这些都是可以通过后天的教育修补。他到现在才恍然大悟，原来是夏风向李守阳告密。

夏风也承认，并说他已经把自己当成太阳人，当成闲云城的人，告密是为了闲云城的未来。

"不论你是太阳人还是闲云城的人，归根结底，你要先明白，你是个人！"李守光的声音颤抖了起来，"你知道有多少你的同学，多少地球人会因此而死吗？"

"老师，你知道冷的感觉吗？"夏风动情地说，"我知道，透过皮肤，透过血肉，透过骨头，从凉到痛，最后彻底麻木。很冷的时候，人是没法感知这个世界的其他事物，只有对温暖的渴望。可什么才是温暖呢？物理学上，高温对应低温，给冰块能量就能融化，再继续给能量，就会沸腾。可对人心，经历过了冰冷，威胁到死亡的冰冷，并没有那么容易融化。"

"那也不应该变成禽兽。"李守光说，"人最可怕的不是贫穷，不是身体上的缺陷，是内心的坍塌，是失去良知。"

"老师，你太理想化了。"他说，"寒冷告诉我：适应寒冷，才能抵抗寒冷，成为黑暗，才不惧怕黑暗。"

"歪理。"李守光一口咬定。

"老师，你总想着那些看不到的东西，很多人都想过，可是直到现在，你仍旧没迈出一步，而守阳老师已经接近成……"

"出去！"李守光拍了一下桌子，语气不容置疑，"从此以后，我们再无师生关系。"

"老师，您别……"

夏风欲言又止，他从老师的眼神明白自己不能再讲了。他起身，礼貌地鞠了个躬，转身离开。他多次想回头道歉，可想到老师正在气头上，肯定说什么都没用，等老师气消后再说吧。

李守光缓缓起身，费了很大力气才走到客厅的沙发旁，身体塌在上面，仿佛一下子又老了一百岁。

今晚的事对他又是一个巨大的打击。这个一直以来行为得体的学生，从地球来的孤儿，曾让他心疼。他在各方面帮助他，对方也不辜负自己的期望，以优秀的成绩提前完成学业。他帮助他留在了学校，想先锻炼他的心性，再帮助他成为教师，继续学习深造，走上研究之路。

在某种程度上，李守光已经把夏风当成自己的继承人，想让他继续自己的研究事业——提高能源转换效率，对闲云城还是地球都有帮助。

这是他一生的追求，可突然间，一下子就全部塌了。

以前无望突破，因为前人的科技太过发达，如今很多技术已经在人的层面失传，如果不是有计算机，他们想维持现状都难。他相信只要脚踏实地，参透前人留下的知识，再创新改进，就有可能找到出路。这些早在快两百年前就明白的道理，经过两百年，不但没有接近，反而越来越遥远。

李守光还记得儿时的很多事，母亲离开闲云城工作，一家子只能通过全息连接相聚。有时候全息连接有延迟，一家人待在一起却很少交流。他和弟弟并不埋怨，把很多渴望转换为学习的动力，在大数据的知识海洋里遨游，一起定下共同理想，决定耗尽一生去实现。

父母也非常支持，直至快要离开这个世界时，仍说两兄弟是他们的骄傲。

好像转眼间，一辈子就过去了。大家都变了，变得急于求成，变得功利，变得恶毒。他们以前最讨厌那些致使资源不合理分配的人，现在却变成了他们。

李守光无法接受这样的事，他内心告诉自己必须要做些什么，才能唤醒他们的良知。

他想了很多，最后不免失望，只有一种很可悲的方法。

可为了理想和尊严，他又不得不这样去做。

　　太阳城在理论上没有春夏秋冬，都是城市母神模拟出来的。闲云城的模拟并不按照顺序，而是随机更换季节，给生活造成了一种不确定性。这样虽然耗费能量，却被市民视为一种传统，至今没有改变。前些天还是春天，现在就到了秋天，好多树木没生长就发黄，好多花朵刚开放就凋零，世界一片寂寥……他选择了一种很古老的自杀方式，先把机器人关闭，拿绳子挂上院子的树木，再把自己的脖子挂上去，最后打开地面的重力增强器，踢掉脚下的椅子，意识逐渐陷入虚无。

八

意识虚无，时间停止流逝。死亡让一切沉重不再沉重，悲伤不再悲伤，喜悦不再喜悦……

岑木木猛然起身，发散的瞳孔急剧收缩，本能促使他贪婪地吸入氧气。

混乱还没有结束，他也没有死。记忆像回涨的潮水，铀矿、开公司、破开的天穹、流亡城市、喷射火焰的飞行器、各种声响……城市混乱，氧气逐渐流失或被燃烧殆尽，他和林小响四处奔跑，被人群冲散。

他们实在跑不动了，身体的力气被抽干，呼吸缓缓变重，再怎么喘都无法满足肺部的需求，最后完全窒息。离开这个世界的前一刻，他死死盯着破碎的天空中那颗明亮的星，却已无法判断是不是地球。

此时他身处黑暗，氧气不是很足，可对窒息过的人来说，这简直是天堂。他慢慢恢复清醒，鼻子辨别出了各种味道，耳朵听到了各种呼吸声。原来周边压住自己的是人。有个人突然发出很大的声响，是本土语言，从通用语演化而来，隐隐约约听得出是骂声，只是无法分辨具体字词。其他人也发出声响，愤怒的、恐惧的、绝望的，嘈杂了好久才安静。

岑木木的意识清醒没多久，呼吸又逐渐开始困难。氧气又在减少，有人大喊大叫，激动的情绪致使氧气流失速度加快。快要窒息的时候，呼吸又开始顺畅，是氧气增多了。氧气增多又减少，意识模糊又清醒，清醒又模糊，反反复复，人被折磨得没有一点挣扎的动力。味道越来越浓，早已有人吓得大小便失禁，其他人也慢慢忍不住。

岑木木从人们的反应中得知这是个牢笼，他们是俘虏。战争不再是梦中的幻想，也不再是网上缥缈的风声，它真真实实地来到了现实世界。很多人都以为在战争中自己会变成影视剧中的男主角，统领万军或孤身奋战，谱写一段又一段传奇，岑木木也有过这样的幻想，而如今在真正的战争面前，他们只是亿万炮灰中的一粒，被巨大的无力、恐惧与绝望笼罩，渴望活着，却又想早点解脱。

光亮忽然从天盖下，阵阵惊慌的叫声响起。

他们适应光线后，看到穿戴黑色合金铠甲的士兵站在顶上的透明墙上，手中端着的枪并未指着他们。牢笼的一边打开一扇门，在士兵的驱赶下，他们从门口挤出去。岑木木走在最后，回头看见牢笼里一片狼藉，二十多个人躺在地上。有个中年男人还能动，却没人理他。

士兵最后走出，门被关上，里面传出惨叫声。

外面也是封闭的地方，由弯弯曲曲的走廊、大大小小的房间和承担各种功能的空间构成，墙面陈旧却干净。岑木木根据重力变化判断自己以前没来过这里。墙面上有些窗户，窗外有时是模拟出来的森林，有时是大海、山峦、星空、城市等，但这些景象并不能减少这里的压抑。

唯一值得庆幸的是，他们不是被拉去枪毙。岑木木确实担心要被枪毙，直到被男女分流赶进澡房，才想到如果要枪毙，给留在幸福城就可以了，没必要拉到这里来。从他昏迷前看到的景象，城市守卫军基本没有反抗能力，城市在激光武器下变成一片火海，现在估计已成为一片废墟。不知道林小响怎么样了，这个人很不错，值得深交，岑木木已经把他当亲兄弟。他最后才想到自己的公司，从林小响告诉他发现铀矿之后，像极了做梦，现在只是梦醒了。何况在这种情形下，命能不能保住都是一回事，再多的铀矿都是冰冷的元素。

他们洗了澡，领了统一的黑色制服穿上，再被分小组带进房间。

狭窄的六人间，有厕所和生活用品，起码看起来不是牢房，虽然脏乱差。不能出去，每天按时有人送吃的来。有台比较老旧的全息设备，可以播放一些老旧的电影，他们靠这个解闷。

其间有医护人员进来抽血，他们也不敢问要干吗。过了十多天，才有士兵来领他们出去，经过曲曲折折的走道，进入一个干净的大厅。大厅的一片空间被隔板分成若干个小间，里面有手术床和各种医疗设备。

不远处传来响动，一个壮汉破门而出，惊恐地叫着，慌不择路地逃跑。岑木木看到带领他们的士兵已经举枪瞄准壮汉，好在在他扣动扳机之前，壮汉被前方走道跑来的士兵一拳撂倒，追上去的医生把手里粗大的针头狠狠插进他的大腿。他剧烈挣扎了几下，昏迷了过去。

好像没发生过什么，一切又变得有序。士兵领着他们，把他们分配给每个隔间的医生。岑木木躺在手术床前，能看到倒在门口的壮汉，他猜到了会发生不好的事，可丝毫没有反抗的胆量。

"别想逃跑，逃不到哪里去，逃出去死得更快。"医生低声说，"手术没那么可怕，只是给你植入一个装置。"

"可怕的是装置吗？"岑木木敏锐地捕捉到了话里的话。

"别多问。你只要记住，植入这个装置后，要听话，不要反抗。"她说，"也别怪我做这事，我也被植入了。"

岑木木深吸了一口气，明白了此时的境况。他看着医生，透过医护服，有一双很漂亮的眼睛。这段时间的压抑被这双眼睛冲淡了很多。他睡了过去，下一秒，他被叫醒，从眼前的景象来看，手术已经结束了。他感觉后脑勺有点痒，摸了一下，有个凸起。医生在整理设备。

他想问她的名字，士兵已经进来，示意他离开。麻药的效果还在，他撑着晃动的身子起来，想再看看那双眼睛，对方忙于收拾没看他。

回到宿舍，躺了好久，他才想到那双眼睛很像苗喵喵。他和苗喵喵认识这么多年，现在才发觉她的眼睛很好看。再回忆她的样貌，发现她现在很漂亮，和以前那个瘦弱的小女孩完全不一样了。当然，他又想起了母亲，想起了地球，想起了很多人。以前抱怨地球生活艰苦，想着要逃离，到了现在他才发觉自己多么怀念那里。

世界要发生巨变了。或者说，世界一直在经历剧变，只是此时此刻轮到他来经历，因而不再是冰冷的历史资料。

往后的日子，他们每个人配上了微型耳机。耳机会提示他们要干什么，不再有士兵带领。如果不服从要求，后脑勺就会传来疼痛，疼痛的强弱根据不服从的程度变化。岑木木最有个性的舍友因为不按时起床洗漱痛到嗷嗷大叫，直至晕倒，醒来后服服帖帖。他听从了医生的劝说，耳机提示什么就做什么，乖乖听话不再反抗。

最开始的日常任务以锻炼身体为主，伙食稍微有些改善，隔几天会被带去体检一次，有个不合格的舍友被带走了，没人知道他去干吗了。过了一段时间，大家都养得身强体壮后，开始进行军事训练，有一个凶横的教官领导他们。他们终于明白了自己要成为士兵，怪不得被抓来的都是年轻人，只有一些中年人，没有老人和小孩。

随着训练的加深，他们接触到了激光枪，先前那个痛到晕倒的舍友学得最快，几乎达到了不用瞄准仪器都百发百中的程度。有一天，他把瞄准靶子的枪口突然转向教官。

大家都被这个变故吓呆了，原来他隐忍这么久，就是要等这一刻！

"啪"的一声响后，他的后脑勺爆开了，脑浆迸射而出。

教官幽幽地看了他一眼，便继续看其他训练的人，仿佛啥事都没发生。过了一会儿，有士兵来把尸体拖走，清洁人员紧跟其后处理血迹。岑木木浑身发凉，刚才他甚至有个念头，如果他杀了教官，要掀起反抗浪潮的话，自己也要加入。现实终归不是电影，走错一步，则万劫不复。

岑木木不敢怠慢，按照要求认真训练。某天吃饭的时候，他看到之前体检不合格的舍友在驾驶半自动机器人收垃圾。原来做得不好没关系，只是被替换岗位，不听话才被惩罚，反抗则是红线。

岑木木之前和他相处得还可以，想和他聊几句。对方本来也想聊聊，结果被耳机提示不能骚扰士兵。他说明了情况，便低头走开了。他们本身都是俘虏，但又被分成三六九等，从目前的情况来看，成为士兵似乎没那么糟糕。

岑木木继续在无名氏的安排下训练。他的心静了下来，想来提高自身素质也挺好，起码能在将来的战争中有自保的能力。显而易见，他们这些俘虏如果参加战争，会变成冲在最前面的炮灰——这样想就很糟糕了。不过，不想又不太行，他不知道别人是不是像自己一样，表面平静，内心什么时候都想来想去，几乎从未停止，有时候刻意压制，反而适得其反。

有一天，他在梦里胡思乱想，宿舍里的门突然被踢开，一队穿着合金铠甲、全副武装的士兵拥了进来。他们吓得从床上蹦起，脑袋齐刷刷被士兵的枪口抵住。他们连忙把双手举过头顶，作出投降手势。

"你们这里有叛徒。"走进来的军官说，"给你们十秒钟，找不出来，全部枪毙。"

那人立刻开始倒数，所有人都傻了。他们面面相觑，现在连自己在什么地方，属于什么派别都不知道，何来叛徒之说？或许真有叛徒，岑木木努力回忆舍友们过去的种种举动，想找出些异常。

可是他又觉得很奇怪，到底哪里奇怪……

倒数结束，那人指着岑木木说："我看你这衰样，就是叛徒，拖出去给我毙了！"

"林小响？"岑木木试探着地问道。

"咦？不是有变声吗？你怎么知道是我。"

对方的头盔碎开，像一堆沙子从脖子流向胸口，露出那张熟悉的长脸和鲜艳的金发。士兵们陪他演完，全都退到门外等待。

岑木木注意到他的铠甲，来到这里后，他接触了很多以前在大数据里才见过的武器，从他们这些俘房到正规士兵到各级人员配备的武器越来越高级，可再怎么高级，都是常规武器和合金铠甲，也有纳米材料，但都不可能比得上林小响这件纯粹的纳米铠甲。刚才林小响脱下头盔的方式，是只有纯粹的纳米材料才能做得到的事。

岑木木根据现有知识推测，这应该是亿万个纳米机器组成的衣服，能够随时接收主人的指令并作出反馈——真正意义上的纯熟的纳米技术。

在舍友们的惊诧目光中，岑木木被林小响带走了。

岑木木说现在的时间不能出宿舍，否则后脑勺的东西会发出警告。林小响说，没事，就是要带他去拆这个东西。岑木木感觉是梦，白天的想法多了，睡着了也会想，梦也就多了。医生告诉他拆下来了，他愣了好久，才确定是真事。

岑木木身上的麻药效果还没过，林小响让士兵把手术床推出来，把他带到空间宽敞的地方。这里干净整洁，设施完善，和他之前生活的区域天差地别，之前只有训练室有这么宽敞。进入一座装饰豪华的房间后，士兵都出去了，房间里只剩下他们两人。

"太搞笑了，真是太搞笑了。"林小响不等岑木木问，哈哈大笑说出真相，"我以为自己要死了，结果被关在一个漆黑的地方，关了好久，然后被运到这里，这些事你也经历过……不过，他们抽了我的血后，把我带出了宿舍，我还以为要干什么，结果告诉我，我是市长的孩子。"

岑木木没有笑，林小响以为他还在被麻醉。

岑木木思考良久，得出一个结论："如果我们是故事中人的话，你才是主角。"

"哦？我是主角，那你呢？"林小响对这个说法很感兴趣。

"跟在主角身边的配角，最大的作用就是挡刀。"岑木木说，"也可能会转变成大反派，让主角陷入逆境。"

林小响哈哈大笑，顺着他说出那些从古代用到现在的套路："而且不论如何，主角都失败不了，他最后会得到自己想要的。"

"你想要什么？"岑木木突兀地问。

林小响想了好一会儿这个问题，竟然发现自己找不到答案。

他现在能很轻松地笑着讲这事，但在不久前，这消息让他如遭雷击。

他自小无父无母，被爷爷捡到并养大；爷爷死后，他孤苦伶仃，不知道多少次想起亲人。可是亲人一直没有出现，直到他不再抱期望时，竟然听说一座流亡城市的主人是自己的亲爹。

自己亲爹那么厉害，怎么会抛弃自己，怎么会现在才找到自己？

他带着一连串问题见到了那个可以称为父亲的男人，却感受不到一丝亲近。因为这次见面有十多个和他一样是战争的俘虏，还有上百个已经和他相认的儿女。他和一个高挑的红发女人像阅兵一样检阅他们，说了几句父子父女相认的客套话，最后按照年龄给他们安排座位。

往后的日子，每到晚餐时间，林小响都要和一群陌生的兄弟姐妹，在那间直径不下五百米的圆形餐厅吃吃喝喝，桌子上是他从未见过的山珍海味。他从固定座位两边的哥哥弟弟们口中得知，这个父亲喜欢到处拈花惹草，在成为黑石城城主之前到处浪荡，最大的梦想是"让整个太阳系的子宫都怀上自己的孩子"，这个伟大目标在遇上那个红发女人时截止。此前林小响还幻想能见到母亲，现在看来，或许那个男人也不知道自己的母亲是谁。

林小响对这个父亲没啥感情，他的孩子太多了，无暇顾及每个人。不过，这个父亲还算好，给每个孩子都分配了挺多资源，起码吃住无忧，各自能做各自想做的事。本来林小响不知道自己要做啥，在吃饭时，听到某个哥哥建议："你妈妈做啥你就做啥。"

他疑惑时，有个爱闹事的哥哥说："看你的样子，你妈妈应该是个妓女。"

下一秒，林小响手上的餐具就落在了那个哥哥的脸上。他被兄弟们拖起时，拳头已经打烂，不过那个哥哥也好不到哪里去，起码那张脸已经血肉模糊，嘴巴极度扭曲了。戴雷德从高座上下来主持公道。

"他说我妈是妓女。"

"哦，那你妈是什么？"

"我不知道。"林小响目光凶恶，"但谁都不能这样说她。"

"我只是开个玩笑，你那么激动，难道你妈真是……"那个哥哥爬起来，吐出带血的唾沫，口齿模糊不清。他试图用狠话挽回颜面，以为父亲来了就没事了。没想到这句话还没说完，林小响的拳头又轰在了他的嘴巴上，把他的牙齿打飞了。

林小响被父亲的侍卫拖走了。他不知道自己会面临什么样的处置，他也无所谓。吃完饭，父亲找到他，和他聊了一下，问他后不后悔今天做的事，林小响说，不后悔。

"如果你做这事，会让你失去做我儿子的资格呢？"

"那我会找机会再给他一拳，把他剩下的牙也打掉。"

戴雷德哈哈大笑，笑完才又问："如果有人侮辱你父亲，你会这样做吗？"

以前会，现在不会。林小响心想。他听说眼前这个男人得到一件来自太阳城的恐怖武器，能将苍穹洞穿，正在入侵一座又一座核能城市。他攻陷核能城市，掠夺完资源，绑架适合年龄的人，留下其他人等死。没死的人并不幸运，会被安装"听话器"，不按照要求做事会被折磨。他简直是一个恶魔。

不过，林小响看着戴雷德的眼睛，点了点头，说："如果我手上有枪，会给他脑袋一枪。"就这样，他得到了一支卫队和一把父亲携带多年的激光手枪。

他父亲跟他说，谁侮辱他，就一枪毙了谁。

戴雷德很满意这个儿子，认为他很像自己，勇敢、果断、有原则，非常值得培养。他近来愉悦，对未来充满野心。他感觉自己的人生将有三大高光时刻：第一个高光时刻是发动政变，夺取了黑石城的统治权，又为了稳固权力铲除了过去并肩而战的挚友。他从不相信友谊，再坚固的友谊都会因为利益而破碎，唯有血脉是永远的维系。他人生的第二个高光时刻，是在很久之前，他到处浪迹，与无数女人发生关系，欺骗她们生下小孩后离开，成功率或许不高，但基数够大，数量也会很多，他现在每攻下一座曾经待过的城市，每俘获一些俘虏，都去检测 DNA，找出自己的子女儿孙，收养他们为己所用。这些小孩是他实现野心的基础，为了已经开始的第三个高光时刻做准备。他从未停止过扩张，却因能源枯竭、武器落后寸步难行，直到李守阳找到他，给他送了那件礼物，曾经核能城市的坚固天穹变成易碎的蛋壳，打下他们跟哄骗女人一样得心应手。

戴雷德攻下核能城市，掠夺资源和人力，也向躲在黑暗中的其他流亡城市抛出橄榄枝，吸引他们的加入，为接下来的计划做准备。

并非武器足够强大就必定能所向披靡，戴雷德心里很清楚，他和李守阳不过是各取所需——他掌管的流亡城市是太空中的强盗，最适合做这些烧杀抢掠的事，李守阳为他们掩盖恶行的同时，暗中提供资源和技术上的支持。不过，这项合作还有另一个疙瘩，那就是那个年轻人，他手下的地球维和军在太空不算什么，可接下来的战争是在地球上，所谓强龙难压地头蛇。李守阳虽然没有明说，他也听得出来，自己目前只是作为震慑和备选。戴雷德能理解，站在对方的角度，如果那个年轻人能做好这一切，为何还要一个多余的难以受到控制的太空强盗加入呢？

戴雷德为此私下里找到王真我，摆出和善的态度，说道："我们应该不计前嫌。"

"我们没有前嫌。"王真我知道他此行的目的。

"既然如此，我们开门见山。"戴雷德发出招牌的大笑声，"我对你这样的年轻人刮目相看，我在你这个年纪的时候，还在为女人鞍前马后，而你已经手握大权。权力唾手可得，也容易荡然无存……"

"停！"王真我打断他，"没必要用那么多成语，我知道你想让我暂缓对地火计划的瓦解。我需要这样做的理由。"

"你真相信李守阳会守信用？"戴雷德先说歪理，"听说一个人越缺啥，就越强调自己有啥，他名字有守字，肯定是个不守信用之人。"

"我不相信他会守信用。"王真我说，"但他能让我这个位置换一个人。"

"对权力的迷恋让你不得不将屠刀挥向自己的家园，只为帮助太阳人掠夺自家资源。"戴雷德有些尴尬，说两句咳嗽一声，仿佛没有成语就很难表达，"第二次太阳系战争过去不到三百年，你的祖先有些还在太空中尸骨未寒……哦，不好意思，又用成语了。我的意思是说，于情于理，你有充足的理由不那么积极。"

"那你有什么理由对这事那么积极？"王真我笑道，"你信他？"

"当然不信。"戴雷德在陨石大椅上调整姿势，摆出一副舒适的模样，"而且他也不能把我从我这个座位上踢下去，我没有心思进攻地球，只是想多忽悠一些他的东西，并在他的技术的支持下，多掠夺一些核能城市。"

戴雷德见王真我不说话，继续说："这个老家伙，手下虽然没有多少兵力，但是资源很多，听说你也在吸他血。"

王真我凝视了他好一会儿，忽然大笑了起来。戴雷德也陪着他哈哈大笑。这件事上，每个人各怀心思，他们两人提防彼此的同时，也在做着一样的事，只是之前揣着明白装糊涂，现在摆上了台面。

"可是，你还是没有给我充足的理由。"王真我忽然不笑了，"过去留下的仇恨真实存在，但我不这样做，也会有其他人这样做。"

"我可以推翻他。"

"继续说。"

"除了权力的最上层，其他权力都会受到约束，他也不例外。"戴雷德说，"假设我们两个真的相信他不会兑现承诺，那我们需要尽可能保持现在的局势，唱一出双簧戏。他对你施压时，你的理由是行动困难，他找我出手，我的城市或许会去到地球，但也会找各种借口避战。等他的毛被我们拔光了，他要么知难而退，要么太阳城会知道我在他的指使下做了什么——后面这种情况只有我出面才有公信力。"

"你的角度很有意思，他制衡我，你制衡他，但谁缺了一环，我怎么制衡你？"

"你明白的，他也明白，倘若我真能去到地球，并声明遵守《太阳系行星公约》，凭什么还听他的？"戴雷德说，"所以你原本就是制衡我的工具。因为你有实力，还掌握着慢慢强大起来的军队。但也如你所说，你的位置可以换人。这是我和你谈判的底气。"

"有意思。"王真我表态，"我需要看你的动作，决定我的动作，这合情合理吧？"

王真我离开后，戴雷德用赞叹的语气说："太有意思了，这个年轻人老是能让我说开心就开心，让我说尴尬就尴尬。"

"他可不简单。"红发女人说，"二十多年前，他充满浪漫的理想，反对自己的身份，靠自己的努力通过了天考。要知道，他父亲铲除政敌后，身兼维和政府主席和维和军将军两大职位，在地球可谓权势熏天，身为这种人的孩子，本该一辈子无忧无虑，根本没必要挤那一条路。可他挤上去了，不仅挤上去了，在太阳城待了几年，他又回到了地球，不到五年时间就坐上了他父亲的位置。他父亲和兄弟以及无数政敌全都在那场政治角逐中成为牺牲品，连上一任地球管理局局长都被拖下了水。没有人知道那几年发生了什么，李守阳也不知道，但这个年轻人是唯一能笑到最后的，李守阳轻易不敢动他。"

"你觉得他会信我吗？"

"不一定。"红发女人说，"站在他的角度，我并不知道你真正的实力，但我能猜到你手下有不止一座太空城，还在不断招兵买马。你还知道了地球有地热能这事，有没有李守阳，你都有可能抢夺。所以在他看来，你才是最危险的。"

"照你这么说，李守阳应该也会这样想，他为什么想让我加入？"

"因为你们的理解浅显了些，你们三个人的制衡关系其实更复杂。"女人说出了自己的见解，"你以为是李守阳制衡他，他制衡你，你制衡李守阳。实际上，你们互相制衡，因为李守阳并不惧怕你，他肯定做好了充足的准备，随时可以收回给你的礼物，也有可能暗中培养了另一座流亡城市，给他更好的礼物，你说曝光他并推翻他这种话只是哄小孩罢了。最重要的是，他身后是太阳政府，在太阳系，没有任何势力能抗衡太阳政府。你也没有必要怕王真我，你手下的军队完全能打得他不敢冒头，如果李守阳不提供帮助，王真我也不惧怕李守阳，在李守阳前一任时，王真我就巩固统治了，那个年轻人，天生就是一个政治家和军事家，就算那个位置不是他坐，也影响不了他的实力。李守阳没法完全掌控他，这也是你能入局的原因。"

"你继续说。"

"也就是说，如果没有变数的话，谁都能制衡谁，就意味着谁都不能制衡谁。可现实并不是这样简单的线性推理，历史证明战争不可能通过沙盘百分之百模拟，除了具体的实力，还和人的信念、勇气、智慧这些摸不到的东西与之息息相关。"

戴雷德思考了一会儿，说："你说得很有道理，不过还有一个绝对的制衡，你没能推理出来。"

"太阳舰队吗？"红发女人说，"太阳舰队在太阳城市群不受到威胁之时，是不会出手的。"

戴雷德摇了摇头。

"静默军？"女人又猜，"不过，从我从地球得到的情报看，静默军并没有多强大，他们在王真我的攻势下节节败退。况且他们真足够强大的话，也用不着遮遮掩掩。"

戴雷德还是摇头。

女人皱眉，她还真想不到太阳系中还有什么势力参与这事。

"你绝对制衡我。"戴雷德笑嘻嘻地说道，"我现在简直对你佩服得五体投地，恨不得把你一口一口吃掉。"

两人毫无征兆地缠绵了起来。接下来，戴雷德塌在了座位上。他明白女人说的，和王真我的谈判也并非句句真心。当然，王真我也不是句句真心。

这只是一次试探，戴雷德足足等了三个月，发现王真我的动作果然慢了下来，便再找王真我继续谈。王真我很谨慎，始终没有明确表态，或许担心这一切是李守阳设的局。

戴雷德又等了半年，王真我依旧没啥动静，他知道该邀请李守阳了。

"这是我的现任妻子，也是最后一任。"戴雷德说，"地球人，通过天考去到了太阳城，但是被你们太阳人伤透了，跑来跟了我。"

餐桌的布置和他们第一次见面时一样，只是王真我的位置换成了女人。李守阳依旧坐在主位。这是女人第一次明面上见李守阳，依旧是红衣，不过是一件适合正式场合的红色礼服，衬得她像一朵傲立的火玫瑰。

"我叫温暖。"她声音柔和，"温顺的温，冷暖的暖。"

"你们也有婚姻？"李守阳的问题带着鄙夷的味道。

女人这身精心打扮并未赢得李守阳的好感，或者说他没表现出来。哥哥的去世令他心力交瘁。

"仪式感嘛，仪式感。"戴雷德憨憨地笑道，"最重要的是，她还带来了一份礼物，本来是给我的，但是我觉得李局长更在意。"

"地球土特产？"李守阳问道，"如果地球还有土能种出东西，我倒挺想尝尝。听说不论太阳城培育出的食物多么好吃，都不及过去在地球的土里自然长出来的。"

"土里种不了东西，但埋有一些东西。"温暖说。

李守阳这才明白了她说的是什么，立即对她露出微笑，表达了善意。

这件礼物是地球的三维投影，投影上有五个红点。戴雷德告诉李守阳这是温暖打探出的五座地下城。李守阳正因王真我在这事上的停滞恼火，得到这东西，自然感到无比兴奋。不过，他没有表现出这东西对自己很重要。比将三维模型放大，发现红色覆盖的范围很大，明白了戴雷德的意思。

戴雷德恭敬地说："局长送的礼物我试过了，简直完美，希望能派上正式用场。"

李守阳没有接话，而是顿了好一会儿，夸这桌菜很好吃。

戴维德还想说这事，被温暖用温柔的眼神制止了。

接下来，温暖和李守阳说起这桌菜，从培育技术，到能源供给，再到具体的烹饪手法。听到这桌菜是温暖做的，李守阳心情大好，胃口也好了很多，屡屡举杯，仿佛此次的目的只是这桌菜。他和温暖聊了饭菜，又聊到她在地球以及去到太阳城的事，听到她竟然是因为爱情放弃了太阳城，马上变成了见多识广的长辈，和她说起大道理，什么人生、生活、追求等。她听得十分认真，恰到好处地点头，眼神流露出收获人生至宝的感激。这座城市的主人戴雷德却有点窘迫，偶尔接一句话，倒一杯酒，大多时候只是陪笑或跟着点头。

"你还会做饭，哈哈哈，你会做饭！"李守阳走后，戴雷德像得到了满足的小孩，笑得前仰后翻，"我简直太爱你了，一个快两百岁的老狐狸都能被你这样忽悠。"

"他也不傻，知道我在逢场作戏。"她说，"不过，我的演技还行。"

"那他知不知道那个三维模型是假的？"

"我们所有的谎言、伪装，都是为了让这个真的谎言变得更真实。"她信心满满，"不出三个月，他就会联系我们。"

只过了一个月，李守阳就派人来到黑石城，给戴雷德传达了进攻命令。

戴雷德高兴极了，抱起温暖，转了三圈，他和两人迂回了那么久，就是等这一刻。他并不想和王真我吸李守阳的血，那个老蚂蟥的血没那么吸引人。他也不怕李守阳不遵守协定，战争中不遵守协定是常态，他的底气在于自己从未显露过的力量……那是温暖带来的信心，这个女人才是他走到这一步的原因。

即便到了这个时候，她还是那么冷静，告诫他战争才刚刚开始，离他们征服边缘世界的所有流亡城市、核能城市以及各行星、卫星还很远。

"这是漫长的征途，我们会一起走到想去的地方。"她摸着拱起的肚子，眼里的柔和将他浸没，"等我们的孩子生下来，他会拥有我们从未拥有过的东西，他将不再害怕太阳熄灭。就算太阳提前发生超新星大爆发，他也有足够的能源离开太阳系。"

戴雷德抱住她，心里也在憧憬她描述的未来。他曾把很多女人抱在怀里，如今已经数不清她们的数量，也记不起她们的样貌。但是他从未有这样真实的感觉，说出的话不再是谎言，内心的情感不只是欲望，还有身为一个男人的责任，身为一个父亲的担当。

他知道这个来自地球的女人还沉浸在对太阳熄灭的恐惧里，这仿佛是地球人与生俱来的情绪烙印，他做那么多是为了自己的野心，也是想让她安心。他愿意为这个女人和她肚子里的孩子做任何事，哪怕放弃他之前所有的亲生骨肉，可这样的话反而说不出来，越真实的情感越难说出口。

在地面看到太空中的庞然大物时，王真我面若寒冰，没想到李守阳还是按捺不住了。

王真我听从了戴雷德的提议，在这事上怠慢了一些，最多的理由是资源不够，最终从李守阳那里捞到了大量好处。他知道李守阳没办法换掉自己，否则他将失去制衡戴雷德的力量。他不知道戴雷德是否只是像之前说的"唱双簧"，但到了这个地步，他也只能等待。如果戴雷德下来，他会快速捣毁发现的那几座地下城市；如果戴雷德离开，他也会捣毁一两座，给李守阳一个交代。

天上没有乌云，天空蔚蓝，很多人都看到了太空中的那座城市。他们中的大多数人以为流亡城市是只存在于历史中的事物，没想着会真实地出现在眼前。它黝黑、破碎，毫无规则，投下一股压抑的气氛。没有人知道它为何到来，想在网络上讨论，但是网络上关于这件事的信息都被屏蔽了，超过两次发送就会被封号。

人们惶惶不安，知道将要发生大事，又不知道要发生什么事。

没有一个人不感到恐惧，可是又无法逃走，白昼短暂，黑夜即将来临，离开城市不超过两个小时就会被活活冻死。这一天，工厂停工，学校停课，人们怔怔地望着天空中越来越大的怪物，感受着生活遭受剧烈撞击带来的茫然。即便快入夜了，也有很多人不愿意回去，在外继续观望。

流亡城市黝黑的身体缓缓融入夜色，夜晚显然更适合它。

突然，流亡城市像是被什么击中一样，某片区域瞬间消失，其他部分寂静无声地裂开。

不一会儿，无数流亡城市的废墟穿过大气层，与空气摩擦，烧起剧烈的火焰，如万千星辰坠落，壮美绝伦。

这个突变震惊了天上地下的所有人，戴雷德也不知道发生了什么，四处响起的警报声掩盖住了他的吼叫。

黑石城内所有活着的人都在逃亡，战争刚开始就已大溃败。城市层层相隔，检测到危险后，会分解成一间又一间独立的空间，防止空气的流失。有些地方来不及反应，很多人被空气推到真空窒息而死。

戴雷德第一时间想到了温暖，她临时要去医院休养，没和他在一起。他似乎看到那片区域凭空蒸发了。他坚信这是错觉，这是做梦，这根本就是做梦。他癫狂地叫着女人的名字，叫着起给她肚子里宝宝的名字，他希望这场可恶的噩梦快点结束……可当他被卫兵拖上飞船时，还是没有醒来。

戴雷德在飞船中惊愕许久，才接受了刚才发生的一切。

他们被地球率先攻击了。

只是一击，黑石城便四分五裂，成为太空垃圾。初步统计有半数人死去。戴雷德问温暖乘坐的是哪艘飞船，希望还有奇迹，有个部下回应她所处的区域被直接打中，没有生还的可能，实际上连尸体都不可能找得到。戴雷德气得掐住说出这个结论的手下的脖子，另一只手按住他的额头，硬生生将其脖子拧断了。

大家都吓得不敢出声，又不敢离去，只能低着头表示恐惧和臣服。

"我不是命令提前打开力场护盾了吗？"

"已经打开了！"

"你说什么？"

"是……是射线……我们的护盾没办法阻挡。"

戴雷德怒吼着问："是王真我打我们？"

"不是地球维和军，是另一股势力，我们猜测他们的主力部队在伽马射线炮发射的位置。"通信官语气颤抖，"他们还发射了一艘飞船。"

"把飞船逼停，活捉里面的人。"

"飞船已经自爆了。"

"什么意思？"

"我们也不懂……等等，他们广播了一则声明。"

"谁的名义？"

"他们自称静默者。"

"放出来。"

戴雷德怒目圆睁，看着投影出的文字，牙齿咬得快要崩坏。

"尊敬的人类同胞们，这是一份和平声明。

"我们来自地球，深居地下，一群不见天日的人。我们希望得以延续前人的自称——静默者。我们一代又一代人前仆后继，旨在建设以地热能为主的内循环城市，为我们地球同胞开辟一片美好的栖息地，我们将此称为地火计划。地火计划一直秘密进行，是为了避开不必要的麻烦，以及强盗的窥视。

"我们违反了《太阳系行星公约》，开发全智能机器，是为了更快建设地下城。我们拥有强大的伽马射线炮，是为了保全自身。我们组建了静默军，这支军队人人怀揣共同理想，拥有在任何反侵略战争中获胜的信心。

"我们希望我们不再惧怕太阳熄灭，我们希望我们都能期待未来。

"我们特此声明：我们无意发动任何战争。"

九

"任何战争都没有必要，因为任何战争都是平民百姓的灾难。"岑木木感慨道，"发动战争要死很多人，停止战争也要死很多人。"

岑木木这个平民差点成了太空垃圾，幸好林小响驾驶战舰追上来，操控巨臂抵住高速飞走的碎裂建筑，将他救了出来。他想借此机会回到地球，林小响拒绝降落，毫无疑问，这个时候降落地球的机器都会被视为入侵。他们的舰艇也接收到了地球静默军发出的和平声明。

接下来，他们又收到了来自戴雷德将军向各飞船、战舰发送的坐标，要求幸存的战士去往指定坐标集合。

岑木木冷静下来，明白林小响说得有道理。他们两人救过对方，算是过命的交情了，林小响不会害他。看完地球静默军的和平声明后，他有种热泪盈眶的冲动，原来有那么一群伟大的人，一直在为所有地球人的未来艰苦守望。

战争开始前，岑木木和很多人一样，早已听说市长和地球维和军是一派的，只是不知道敌人是谁。不论敌人是谁，如此大摇大摆地降落，证明他们胜券在握。在他看来，不论谁胜利谁失败，都是掌权者的斗争。他最希望的是某一方立即偷袭，然后获得胜利，最好不要交火，他并不想把枪口对准自己的同胞。

流亡城市虽然从太阳城演化而来，又和核能城市一样靠核能生活，但本质上更像地球上的城市，作家们称之为"在尸体里长出的花朵"。随着太阳熄灭，人群迁移，地球留下大片空城，没有离开的人聚集起来，在空城里改造出一片能抵抗寒冷的居所。流亡城市也是如此，在第一次太阳系战争战败后被放逐，或者自愿离开，随着时间的流逝，人口不断减少，便聚集到内部，开发出新的居住区。地球不拆除破旧的城市源于人力不足，其次因为没有意义，流亡城市不拆除是因为外部也都是可以利用的资源，并且在战争中能当防护层，用来迷惑敌人。可是在重大杀伤性武器面前，即便黑石城打开了力场护盾，依旧被伽马射线洞穿。

从岑木木被俘虏到黑石城战败这段时间，黑石城打下了五座核能城市，俘虏了二十多万身强体壮的民众进行"听话改造"，戴雷德本人又多了二十三个儿子和十六个女儿，在战争中死去的人则不计其数。

起初，岑木木还会怜悯，可看得多了，剩下的只有麻木。他能做到的就是不去参与战争，或者说不在主观上参与战争。有林小响的庇护，他可以不为战争出力，不为这座城市贡献个人力量，反而还吃它喝它睡它，整日无所事事。

不做事又不行，漫长的时间需要打发。岑木木想到那位给自己做手术的医生，便拜托林小响派自己出去巡逻，然后去找她。她很惊讶他能把脑袋后的东西摘下来，并且能这样吊儿郎当，肯定是有点关系的。

岑木木内心泛起一些模糊的欲望，慢慢跟她熟络，在她工作之余聊起很多东西，越来越觉得她是个很不错的人，想约她吃饭。她后脑勺也戴着听话器，即便想答应也没办法，岑木木只好拜托林小响帮忙。

林小响知道了这事，为了兄弟的爱情积极走动。这对他而言并不困难，只要找到管理听话器的部门，让他们给个关闭器就行。他们说，没有上级命令，不能这么做，林小响一巴掌扇过去，说市长儿子的身份在这里就是命令。

岑木木拿关闭器给她，对她讲了用途。她的惊喜不言而喻，立即答应了岑木木的邀约。她立即戴上关闭器，说很喜欢这种感觉——这种自己的命握在自己手里的安心。岑木木发觉她也是个可怜人，差点儿就说可以把关闭器送她，又想到送了她，自己对她而言就没那么重要了……看来自己铀矿没挖成，公司开没成，但是算计的本事是学成了。

她从未摘下过口罩，岑木木不知道她的真容，这是这次约会最让岑木木期待的地方。他打算带她去黑石城公民的生活区看看，林小响带他去过那里，那里的娱乐设施还挺丰富的，毕竟黑石城也曾属于太阳城，只是由于资源不足，生活空间被压缩到了中心区。

岑木木扳着手指一天天数，眼看日子就要到了，城市突然宣布进入战时状态。

她本该摘下口罩和他见面的那天，黑石城成为太空废墟，她的生命就此终结。

起码那一刻，她的命握在自己手里，而不是作为奴隶去世的，岑木木心想，也不知是安慰她的亡魂还是安慰自己。

岑木木知道地球发射的伽马射线有多恐怖，自己能存活下来是万幸。伽马射线由核聚变产生，短波长，高频率，高能量，穿透性极强，是宇宙中最为恐怖的现象之一，能在瞬间产生极其巨大的能量，足以摧毁恒星。

显然，地球目前已经掌握产生定向高能射线的技术，这是即便第一次太阳系战争时都没有出现过的武器，其威慑力不言而喻。

黑石城也有能威胁地球的武器，只是还未来得及使用。

"攻击地下城市不能用大规模杀伤性武器，因为《太阳系行星公约》明令禁止，而且流亡城市攻击目的不是摧毁城市，而是掠夺，不能破坏过大，又要能突破坚固的壁垒，动能武器是比较好的选择。"林小响当初领到守卫6号区域的任务时，跟岑木木科普过超重炮，"这门武器原理不复杂，就是将超重元素从太空加速轰下，幸福城的天穹就是被这样打烂的。说简单，其实也不简单，那机器大得要死。"

有一次喝了点酒，酒劲上来，林小响要带岑木木去现场看看。

林小响手下的卫队管理范围越来越大，或者说他得到的权力越来越大。他是黑石城最耀眼的新星，在市长众多儿女的中脱颖而出，成为其心中的"可重点培养对象"。他不负期望，严谨治理卫队，唯独放任副队长岑木木，他手下的其他副队长嫉妒，却也只能忍着。他们没办法反抗，自知在这座城市，血脉才是最大的底牌。

"权力给人最奇妙的感觉就是控制。"林小响跟岑木木分享，"你能控制很多人，让很多人对你唯命是从。如果他们心里不乐意，那就更爽快了，因为他们不乐意也得按照你说的来。"

岑木木无所谓地说道："控制他人的同时，也是在被控制。"

如果别人这么说，林小响会用古话笑他"吃不到葡萄说葡萄酸"，可他理解岑木木，知道他感兴趣的不是人类说出的真理，而是真正的真理——宇宙大大小小的规律。这也是他要带岑木木去观看超重炮的原因。

岑木木确实很惊喜，不断惊叹这个武器的制作之精良、技术之精湛，虽然只能看到部分。

"炮体镶嵌在了城市里，我看过构造图，看不见的那些部件才是高科技，流亡城市再花一百年也造不出来。"林小响说，"不过，那个机密性太高了，还不能分享给你。"

"不碍事。"岑木木说，有点儿疑惑，"流亡城市造不出来？"

"是啊，这是太阳城给的。"

"有意思。"

此后，岑木木借用林小响的权限，从黑石城中的数据库中查阅这类资料，了解人类历史上各个阶段的武器，包括原理、用途、优点等，发现虽然武器不断增强，但本质上的创新没有多少。

人类在地球上生活时，早已料想到了将来会进入太空生活，可直到"大建设"之前，他们也不会想到将来某天太阳四周如此广阔的空间会被人类完全占领，更不会想到进入新历史阶段的人类社会仍旧如此残暴。战争武器在那时得到快速发展，直到第一次太阳系战争结束。另一次快速发展的时期是第二次太阳系战争，不过那只是昙花一现，随着《太阳系行星公约》的颁布，各大行星的科技水平几乎被打回到公元时代。

黑石城的中央计算机拥有无比庞大的数据库，先人建设这座城市之初就开始搭建这片丰富的信息海洋。科技不是一直叠加，就像历史不是一直前进，而像是往复地震荡、摇摆一样。对如今很多城市而言，想要提升科技水平，根本不需要创新、开拓，只需回到祖先的数据库中挖掘即可。岑木木一头扎进这件事里。

林小响问岑木木为何对这些东西那么着迷。岑木木开玩笑说，自己没办法靠血脉晋升了，如果能改进机器，或许才有点儿前途。

林小响也开玩笑，说："早知道把我的血转化给你，让市长以为你也是他的儿子。"

岑木木从这话听出他对这个身份并不是很骄傲。聊着聊着，岑木木告诉他，小时候母亲出去工作，自己待在家里，最大的乐趣就是钻研物理。他喜欢宇宙中庞大的天体，喜欢微小的原子，喜欢多变的元素，喜欢自然规律。当然，对现在而言，最重要的是能在情绪上远离战争。

林小响无法远离，他深处旋涡中心，或者他刻意将自身置于旋涡之中。他明白了，想得到母亲的线索，唯一的途径是得到戴雷德的信任。他努力适应环境，将手中的事做好后，又去帮忙打理其他事务。他和之前被他打过的那个哥哥处理好关系，这对从小混迹于江湖的他来说并不是难题——打断对方的腿再给一副拐杖，让对方对自己心存感激，没过多久对方就变得服服帖帖的了。

戴雷德虽然是威严的市长，却也苦于没法让这些个性各异的儿女团结，见林小响和打过架的哥哥勾肩搭背，不禁对他刮目相看。他询问两人，林小响说了他想听的话，比如兄弟和睦能促进黑石城发展啦，比如血脉才是我们最大的仰仗啦，比如一荣俱荣一损俱损啦。

那位哥哥在旁边说了很多林小响的好话。

林小响明白自己做得再好，也不如说得好，尤其是别人帮忙说。果然，戴雷德十分满意，时常把他带在身边，从嘴上说的重点培养到行动上落实。虽然带着目的，可林小响还是积极投入，有时候也会因为得到夸奖而喜悦。

林小响没有完全利用哥哥，毕竟两人还是兄弟。他得到了好处，也用各种形式回馈对方。这种回馈有感谢的成分，也有些愧疚，他慢慢明白，兄弟姐妹们争斗还是挺厉害的，自己在公众场合打了他，无疑是截断了他在戴雷德面前的机会。此外，这个哥哥有点八卦，啥事都知道一些，嘴巴喜欢叭叭说个不停，他偶尔能得到一些有用的信息。

林小响从哥哥口中听说自己有个未出生的弟弟，他们共同的父亲曾在酒后宣布他是黑石城唯一的继承人，所有的兄弟姐妹都是他的左膀右臂。

在这话中，林小响得到最重要信息的不是那个未出生的弟弟，他早有所耳闻，而是这话是戴雷德酒后说的。他想得到戴雷德的真话，又不能对他用测谎仪器，更别说需要侵入大脑的记忆窥探仪了，这是越界的行为。戴雷德喜欢喝酒，古话说"酒后吐真言"，或许自己可以在酒后套他的话？他开始认识各种酒，学习喝酒，常在吃饭时主动给父亲敬酒。

敬酒是古老的礼仪，也有人视为落后的、烦琐的形式主义。喜欢喝酒的戴雷德本来不要求儿女们学这些，但被林小响敬多了，不免对他更加留意。以后和外人吃饭，他常常带上林小响，自己一个人想喝时也会叫他去陪。

有些核能城市比较难啃，戴雷德会联合其他流亡城市，常和他们的首脑或市长在饭桌上谈判，谈好的叫战略合作伙伴，谈不好的成为日后打击的目标。流亡城市不只会掠夺核能城市，如果另一个流亡城市值得掠夺，他们会毫不犹豫。有时候饭桌上剑拔弩张，又不好翻脸，会用酒来拼杀。林小响搞不明白为啥流亡城市的高层们都喜欢喝酒，而且吃特效解酒药会被视为懦弱的、丢脸的行为。

他只能拼命喝，假装高兴喝，喝多了肠胃翻滚，跌跌撞撞地去上厕所，关上门就狂吐，深感这种表演的痛苦。

不知多少个模模糊糊的日夜之后，他终于在戴雷德喝醉后，自己还有些清醒，戴雷德还想聊天。他先附和他的话题，再慢慢引向自己，说到儿女和父母，他表达了自己对父亲的爱，说得知自己即将和父亲见面时是自己生命中最开心最激动的时候。

林小响自己都不知道前面这些话是真是假，但接下来他切切实实地体会到了生命中最失落的时刻。

戴雷德不是吝啬之人，他不但愿意为儿女们的生母提供衣食住，如果她们组建了新家庭，他也愿意在黑石城为她们提供生活保障。林小响趁机说到自己的母亲，戴雷德想了很久，即便喝了酒也看得出他极其认真地回忆，可最后他摇了摇头，确认真的想不起他母亲是谁。

林小响继续询问，告诉戴雷德自己的年龄对应的时间，自己有可能在哪几座城市出生，戴雷德都想不起来，直到被温暖带走了。

林小响因此把愤怒迁移到那个肚子逐渐大起来的妖娆女人身上，她肚子里有一个尚未出生的弟弟。他不羡慕这个弟弟生来就有黑石城的继承权，而是嫉妒他有父母陪在身边。

最大的失望不是知道母亲是谁却找不到，他会继续找——他也决定了，如果打听到母亲的消息，有必要离开这里就立刻离开。为了找到她，他可以再次漂泊、流浪，继续过吃了上顿没下顿的日子。他不害怕这些。他最害怕的就是不知道她的一点儿消息，甚至是死是活都不知道，他的所有毅力、胆量、勇气都无从可用。

他茫然至极。

"真奇怪，我怎么成为配角了？"林小响毫不遏制对那个未出生的弟弟的嫉妒，"我吃了那么多苦才来到这里，只是为了成为一个配角吗？"

他并不怨恨那个未出生的弟弟，如果别人好命就能成为怨恨的理由，那世界上好命的人足够他这辈子每秒恨一万个,恨到死都恨不完。

他只是想转移情绪。在过去的生活中,他曾毫无希望、毫无动力,不知道活着的意义,不知道人生的目的,陷入空洞的、绵软的虚无,因此深知转移情绪的重要性。

可这一次的打击太大了,他又被那种虚无包裹,感觉身体里坍塌出巨大的空洞,没办法填补,没办法忽略。这个空洞让世界变得陌生、无聊且缥缈,对一切都无所适从。可回到现实生活,林小响没有把内心的感受完全表现出来,也没有怠慢工作。他觉得自己被生活的巨大惯性裹挟着,害怕做出改变,仿佛内心深处有座摇摇欲坠的大厦,轻微移动一下脚步,大厦便会轰然倒塌。

林小响是戴雷德身边的红人,很多人围绕在他身边,对他察言观色,说好听的话,说他喜欢的话。可这几天他比较沉默,其他人不知道发生了啥,以为自己触犯了什么,更加卑躬屈膝、唯唯诺诺。只有一直忙着研究武器的岑木木发觉了他的异常后,马上判断出是因为这事。

林小响很好奇他是怎么知道的,岑木木说他以前喝醉时提到过。"也只有这事能让你这样了。"岑木木说。

林小响因为这种了解感到温暖。他是个大大咧咧、没心没肺的人。他在某种程度上看淡了生活,不去死是害怕怀着对死亡的未知,却也不会因为其他事过多消耗情感,只想得过且过,及时行乐。确实只有这件事能让他如此,他打开话匣子,告诉岑木木这一切,表露自己内心混乱的想法。岑木木全程都在认真倾听。

"我也经常想,生活是什么呢?"岑木木说,"站在现在回望,我觉得生活的外在是反复的聚散离合。有人分离,有人相遇。分离的可能重逢,也可能不再相见,相遇的可能永远熟悉,也可能分道扬镳。不论你身处何处,站在什么位置,这些事都在不断发生。"

"内在呢?"

"孤独和爱的抗衡。"岑木木说,"我不知道孤独和爱能不能用来描述生活，这只是我自己的看法。不论外在如何，不论相遇还是分离，不论热闹还是安静，人最终都是孤独的，唯有爱能抵挡孤独。每当我感到支撑不下去的时候，就会想到我妈妈，她给我的爱给予我走下去的动力。你妈妈肯定也在支撑你走下去……我是说，不论她在哪里，她都会挂念你、祝福你，她的爱都会陪伴着你，就像量子纠缠，爱能无视空间的距离。不知道这样解释能不能说清楚。"

"不太清楚，不过我大概能明白你在说什么。"林小响说，"也就是说，即便我不知道她是谁，她或许也不记得我是谁了，但有一种力量，就像量子纠缠的力量，也就是你说的爱，让我们紧密相连。"

"对的，呃……这些话有点感性了。"

林小响想了好久，似乎想开了一点，哈哈大笑着说："我的兄弟，没想到啊，你真他妈哲学！"

"自己独处多了，想到的一些东西而已。分享给你。"

"入侵地球失败后，戴雷德的情绪完全失控了。"林小响对岑木木说，"不知道你的哲学能不能给他减少点儿痛苦。"

当然，只是玩笑，没人敢尝试去疏导那头暴躁的野兽，前两天他刚活生生打死一个儿子。

战争前，这个儿子最支持戴雷德君临天下——这个成语让他兴奋，仿佛地球已经是他的囊中之物。

流亡城市如此接近行星对战争没有什么好处，但在他看来，进入地球根本不存在真正的战争。他不相信地球静默军能对抗地球维和军，更别说他这天外来客了。毫无疑问，在他能进入战场那一刻，胜利的天平已经向他倾斜。他想让这次入侵成为后世无法忘却的历史，伟大也好，恐惧也罢，都与他分不开，这将是他在太阳系四处征战的高光时刻。

他甚至想到将来有一天，人类能征战整个银河系，和外星人打仗之时，还会以他为榜样。

现在看来，他就是一个笑话。

可他不会被笑话打败，即便损失了黑石城，他仍有强大的力量。

他只是无法接受温暖和那个未出生的孩子离去。这个鼓动自己"君临天下"的蠢儿子，竟然跟他说，打下了地球，他能有一万个比温暖还好的女人。他不怕儿子说自己战败，胜败乃兵家常事，他最恼火的是他竟然说还有比温暖更好的女人，这对她简直是侮辱！他想到她已不在人世，不禁陷入癫狂，挥起拳头就砸在那个儿子身上。等他怒气消去，才意识到自己做了什么——儿子已经停止了呼吸。

戴雷德注视着儿子的尸体，注视着他瞪大的眼睛中的恐惧，看到的却是另一张陌生的、幼小的脸。

那个晚上，他梦到无数密密麻麻的幼小的脸朝他拥来，他吓得夺路而逃，跑了几天几夜也无法摆脱。终于，他撑不住了，摔倒下来，回头一看，那群脸已经压到眼前。这些脸样貌各异，却不再凶恶，眼中流出血泪，哭着喊着，爸爸救我，爸爸救我……他惊醒后没再睡去，脑海里都是与温暖的点点滴滴。

想起很多年前，他还在努力寻找能为他生孩子的女人。

他心中只有自己的目标，从不在乎别人怎么评价。他把她们视为猎物，他最大的武器是哄骗。他完成一次捕猎，便立即准备下一次。有时为他生孩子的女人刚出产房没三天，他就和医院的护士好上了。

他从不在意女方的样貌、出身、观念，甚至连年龄也不在意——只要还能生育就行。为了骗到女人们的子宫，他可以说真话，可以说假话，也可以真话假话一起说。他投女人们所好，可以成为正义的壮汉，也可以装作文雅的知识分子，或颓废的混混，或在这些形象之间无缝转换，比多重人格的症状更传神。他如果进入全息娱乐行业，肯定是历史上最伟大的演员。

他足够勇敢，又能及时止损。如果一个目标不成功，便会立即放弃，瞄准下一个目标。那个高挑的红发女人是他第一个没有猎捕成功又无法放弃的目标，即便他意识到了以往都是钓女人的自己反被钓了，也心甘情愿地掉入她的圈套。

她有绝佳的身材、出众的气质、无可挑剔的面容。这些东西其他女人身上都有，不可能让他沉沦。而是别人能触摸的天花板只是她的基本配置，她身上最无人能及的是，她无意间散发的自信，偶尔显露的智慧，以及那远大的胸怀——这些特点能增加男人的魅力，放在女人身上亦如此。

他得知她是那座城市的主人，迷惑人的妖后，一切都说得通了。

他为了让她明白自己配得上她，告诉她自己有一座流亡城市的继承权。她并不惊讶，她一开始就知道了。她最厉害的武器是真诚，她把目的说了出来，让他知道她在算计自己，可他甘愿被算计。

她坦白了自己的算计：她需要一个男人稳固自己的统治，这个男人可以是戴雷德。

她接着又分析说，戴雷德也需要足够的力量，保证自己能赢得夺权战争。

"我觉得你计划得很好，只是有一个小小的漏洞。"戴雷德说，"你很急需我帮助你稳固统治，而我的夺权却不那么着急。"

"现在已经开始了。"温暖说。

戴雷德不相信，可她笃定的语气让他心中不安。他联系黑石城，发现父亲果然死了。显然是被害死的，消息封锁了，如果不是温暖告诉他，按照他的性格，估计兄弟们上位了还被蒙在鼓里。他立即同意与她联合。往后，他在她的帮助下运筹帷幄，她掌控的城市有一个强大的情报机构，熟知他每个兄弟的强弱，没经过什么争斗就让他夺权成功，成为黑石城的主人。

他不可控制地爱上了她，想和她生孩子。她不愿意。

她说流亡城市全都是森林中的饿虎，彼此撕咬、吞噬，里面的人的一生只能在惶惶不安中度日。她太需要安全感了。她曾经在地球上被父母抛弃，流离失所，每到一个能避寒的地方都要卑躬屈膝，唯恐被赶出去。即便如此，她仍旧被不断赶出去。她挨过打，受过骂，被耻笑被羞辱，直至今日依旧活在那些阴影里。

戴雷德不知道她从地球到流亡城市那些年经历过什么，她对那段岁月只字不提。他听说她去过太阳城，但肯定不像那些人是通过天考上去的，她经历过很多常人不能忍受的苦难、挫折，甚至是惨绝人寰的恶斗，才能以一个外来人的身份控制一座城市。可即便如此，她也不阴狠、不恶毒，她已然成为一个领导，拥有明确的目标：要带领她的子民走向未来——那是资源富足、不只为生计而过的生活，那是安稳、幸福、和平的未来。

他无法理解，经历那样生活的人为何没有被苦难打倒、没有被仇恨裹挟，反而拥有如此胸怀。或许见过最黑的黑暗，才能明白光明的珍贵。他被她的理想照耀，人生有了新的目标。

他励精图治，整顿衰弱的黑石城，改革城治，发展军队，铲除政敌，接纳外援，只用了七年，黑石城就成为令核能城市闻风丧胆的掠夺者，甚至有些流亡城市也传言他曾在黑暗中吞噬过数十座同类。

温暖将他统治的城市融合进黑石城，增强了黑石城的力量，和戴雷德为了伟大目标四处征战，掠夺一座又一座城市。直到李守阳慕名而来，与他们合作。两人一致同意加入这场针对地球地热能的掠夺，过去的掠夺都是开胃小菜，这场战争才是山珍海味，过后他们都认为不能遵守李守阳的划分规定。

那个来自太阳城的老头想通过他们空手套白狼，未免有些异想天开。他们算计、权衡、表演，构建各种谎言，都是为了在这场争斗中获取更多，为未来做准备。

到了这一步，即便她心肠再硬，城府再深，也很难不被他的真心感动。她问他，怕不怕自己像对待以前的男人那样对他？他说，就算自己这样死了也愿意。他说真心话，自己是漫无目的、随处浪迹的陨石，在辽阔的太空中虚度光阴，是她吸引了自己——她是恒星，自己注定摆脱不了这种引力，只能绕着她旋转。

她说，我们两个人是质量接近的双星系统，没有谁绕谁，而是彼此作用。

戴雷德和她神魂颠倒时，完事后发现她没再用那个叫作避孕射线的小仪器。那玩意在盆腔上滑动几下，就能消灭生殖系统认为有害的细菌和病毒，包括精子，被戴雷德视为自己最大的敌人。可她不再使用，反而让他有些不安，第一次感受到了自己要成为一名父亲——有担当、负责任的父亲。

可现在，这一切期待、幸福和满足都随着无声的撕裂化为泡影。她和孩子的肉体在射线的轰炸中化为原子，甚至光子，飞向太空深处，仿佛从未在这个世界上出现过。这是比死亡更彻底的消逝，即便远古传说中的神明再世也无力拯救，他已永远失去她，从此他的内心里只有仇恨。

这仇恨让他甘愿放弃所有地热能，只要将那些人活活烧死就可以。他不确定是谁参与了这些事，也不相信有人能确定，所以最好的解决方法就是消灭地球上的所有人。他已然成为真正的恶魔，将会为了这事不择手段。

十

不择手段的意思是为了达到目的，用尽所有办法，大多时候是个贬义词。他没想到自己将来有一天会成为一个不择手段的人。年少的时候，他们会对自己提各种要求，要心怀天下、忧国忧民，追求良善、公正、无私……随着在成长中不断受挫，他体会到道德更多的是一种束缚。有人会解开束缚，有人则依旧坚持自我，就像他和哥哥。

哥哥离世后，李守阳感觉失去了一些支撑，质疑自己苦苦追求的是否正确，既然人难免一死，为何非要违心做那么多事呢？

他因哥哥意外离去而伤痛，又有点羡慕他。哥哥用死捍卫了他的尊严，也是捍卫了两兄弟的尊严，而自己却变成人不人鬼不鬼的模样。

他在近地轨道空间站的地球管理局亲眼看见那座城市四分五裂，犹如历尽艰辛做好一桌子菜，结果在最后一盘端上去时被掀翻了桌子。

他和戴雷德理解的一样，地球静默军毫无威胁，这场战争最大的问题只是三方势力如何瓜分成果。可不论如何瓜分，都是内部问题。此前他做好了充足的准备，封锁地球与外部的通信，对外则宣传是地球恐怖势力的所作所为，并禁止其他人越过地球管理局接触地球，从地球前往太阳城的学生也基本在他的势力管控之下，有个别特殊情况也采用了特殊方式处理。现在凭空冒出一门伽马射线炮对着天空轰了一炮，引发如此大的动静，不可能不被太阳舰队察觉。

多年的从政经验告诉李守阳，他不能等待被追责。他立即启程，马不停蹄地赶往太命城，向太阳母神汇报了在地球发生的事：流亡城市要掠夺地球资源，地球隐藏的势力使用了伽马射线炮，并主动请罪，自己管理着地球维和政府，虽然致力于改善地球民生，却忽视了地球有重大杀伤武器。

太阳母神召开用以决策重大事务的太阳联盟会议，像往常的联盟会议一样高效——汇报基本情况，汇报会议目标，提供多种裁决选项，预测各种可能性，听取各座城市代表的意见，参考地球静默军发布的和平声明，以及综合李守阳带来的含有虚假信息成分的评估。

最后，太阳母神作出裁决：伽马射线炮是地球用以自卫的武器，这个武器即便吸干地热能也很难对太阳城市群造成毁灭性威胁，地球管理局可不干涉；李守阳提供了充足的证据证明了他兢兢业业，致力于改善地球民生，有无私奉献的精神，本次的微小失误不予追责；安全起见，李守阳要以地球管理局的名义适当给予静默军告诫，督促他们遵守和平声明，尤其不可触犯太阳城市群主权；此外，太阳舰队会派军驻守太阳与地球之间的拉格朗日点，应对地球潜在的威胁，但不应干涉地球与流亡城市的战争。

流亡城市没有重大杀伤武器，无关紧要，并不对他们做出任何裁决。很多代表觉得没必要为这事专门召开太阳联盟会议，他们根本不在意太阳城市群之外的事。地球人总数不到太阳人的万分之一，他们实在没精力和兴趣去注意这微小的部分，甚至有些人以为在第二次太阳系战争后地球上已经没有人类了。唯独李守阳长出一口气，他逃过了一劫。

他知道，太阳母神是绝对公正、严谨的，如果被它发觉自己是引发战争的罪魁祸首，自己绝对地位不保，甚至会被送上"有史以来最公正的"太阳法庭。

李守阳回到地球管理局，听到戴雷德在等自己，有些不开心。现在正是敏感时期，他这么唐突地到来，很容易被发现。他本想生气，却看见对方面容憔悴，脸色阴沉，想到两人也算同甘共苦了，一个失去了最亲的兄弟，一个失去了最爱的女人。

这场战争刚开始，已经给他们造成了让他们永远懊悔、愧疚的损失。

"我要把他们全都炸死。"戴雷德直截了当地说，"战争还没结束，我也还没有出局，黑石城只是我实力的一部分，过去这些年，我打下了三十四座城市，其中有七座流亡城市，有五百六十多艘战舰、十八艘母船、百来艘综合运输飞船，上万架战机，都有军队驻扎。"

李守阳把正要脱口而出的嘲讽咽了回去，假装想了想，才问："之前为什么藏起来？"

"还能为什么，我想要你的武器，想要你的技术，想真正和你们打起来的时候出其不意。我们刚开始都以为静默军完全不会构成威胁，我们的合作伙伴就是我们彼此的敌人，用尽方法都是为了得到更多好处。"戴雷德说，"现在我跟你坦诚相待，你可以吗？"

"先说说看。"

"我不要地热能，只要炸死静默军。"戴雷德再次强调要炸死他们。

"只是炸死静默军而已？"

"地球人灭绝对你百利而无一害。"

"可我到底还是地管局局长。"

"我已经为你写好了宣传稿：地球管理局最后一届伟大的局长李守阳不计前嫌，力排众议，接纳地球百姓进入闲云城，以和平的方式超前圆满完成了太阳熄灭计划，他凭借这种无私大爱的精神解决了长久的矛盾，这既是太阳城的胜利，也是地球的胜利，更是全人类的胜利！一个幸福、和谐、繁华的新时代由此开始！"

"挺好的。"

"根本没有人在意你接纳了多少地球人，甚至有没有真正的地球人去到太阳城都不在意，更没有人在意黑暗中的地球发生了什么。"

"到时候你不愿意走，怎么办？"

"你会把我做的事告诉你的太阳母神，启动审判程序，我的力量再强大一千倍，也不可能抵挡得住太阳舰队。这一直是你最后的底牌。"

"你很了解我们嘛。"

"是温暖了解，她有一个情报机构，对太阳城市群有所渗透，对太阳城城市群之外的大多城市都有过调查。"

"有意思，你已经为统治边缘世界做好准备了。"

"这件事已经没有意义。"

"值得为仇恨付出那么多吗？甚至让自己成为真正的魔鬼？"

"值得。"

"有意思。不过，你说那些都是虚无缥缈的东西，我们之前就是忽略了太多具体问题。"

李守阳把太阳母神作出的裁决告诉了他。

"问题多了两个，驻守在拉格朗日点的太阳舰队和拥有伽马射线炮的静默军。但同时也减少了一个问题，王真我没有理由再和我作对了，如果我不继续参与，他就得独自面对静默军了。"戴雷德说，"伽马射线炮需要的能量很大，我不相信他们能反复使用，他们突然发起攻击是为了威慑，希望你没被吓到。如果还要继续合作，你不能再有所顾虑，我们走到这一步，早就没有退路了。"

李守阳思考良久，如果他现在撤退，还可以保全自己。内心挣扎过后，他说："太阳舰队你不用担心，王真我会协助你。"

戴雷德大步离开，回到隐藏在黑暗的太空中的基地，开始筹备战争。

李守阳找来王真我，要求他协助戴雷德，语气不容置疑。

王真我听到戴雷德为了复仇甘愿把能源让给他，不禁眼前一亮，立即答应了下来。

王真我认真听了计划，提出了一些意见，也回去开始筹备。

接下来，李守阳以地球管理局和太阳舰队的名义禁止静默军再使用伽马射线炮，要求他们不能扩大战争，否则视为对太阳城的攻击。他不知道如何联系静默军，便向全地球发布公告，料想他们不会看不到。他继续封锁地球和外界的联系，并说是地球静默军破坏了设备。

地球网络在地球管理局的控制之下，李守阳可以尽情向民众灌输谎言。在他的塑造下，静默军是黑暗军，已然成为一群恐怖分子。这群恐怖分子藏在地球上，无恶不作，常常前往太空掠夺，招惹到了流亡城市。在地球管理局的协商下，流亡城市以和平的名义前来谈判，却遭到这些恐怖的黑暗军分子的突然袭击，这是破坏人类和谐相处的行为。如今，地球管理局要限制这种破坏行为，所以才进行交通管制，作出各种措施，都是为了地球民众的利益。

地球管理局是第二次太阳系战争地球战败后，太阳政府设立的用来管理地球的组织，地球人对其抱有仇视态度是毋庸置疑的。最开始的几十年，地球人做梦都想推翻地球管理局，也有过一些行动，都以失败告终。随着一代人长眠，一代人老去，仇恨成了历史中的难以触摸的东西。

战争往事是口耳相传下来的，地球管理局已经在互联网上抹去痕迹，并禁止在文艺作品中出现任何反抗意识，否则会被处置。地球管理局制定政策，发号施令，由下属的地球维和政府和维和军以及各部门具体落实。这些组织机构都由地球人组成，每个地球人都仇恨他们，却又想成为他们。

地球人和以往一样，不相信地球管理局和傀儡政府所言。他们从互联网得到的经验是，可以质疑，却不可表达质疑。有些大胆的人表达了愤怒，可他们的想法出现的时间不会超过一微秒，计算机的强大算法已经能快速对各类文字、图像、符号、全息进行甄别，并及时屏蔽。

与此同时，由无数 AI 伪装的网民以地球公民的身份，从各种角度对恐怖分子口诛笔伐，营造出所有人都在质疑他们的氛围。

人们长期沉浸在虚假的环境中，逐渐接受地球管理局的说法，并认为他们真的在帮助地球。当他们宣传伽马射线炮会破坏环境，对人体造成辐射损伤、遗传、变异和致癌时，民众们彻底转变观点，加入对静默军的谩骂。人们将他们视为地球公敌、人类公敌，并希望地球维和军早日介入，将所有恐怖分子绳之以法。

从反对、质疑到信任并加入，经过的时间不超过三个月。

静默军自始至终保持沉默。

新的进攻在近一个地球年后策划好了，戴雷德的黑石军和王真我的维和军联合行动，决定内外联合，一举瓦解静默军。

戴雷德有仇恨的加持，他手下的军队被听话器要挟，已经不需要担心积极性。

王真我为了提高军队的积极性，打算开一场"打败恐怖势力维护地球和平"的誓师大会，邀请李守阳前来鼓舞士气。

李守阳权衡利弊，最后以纪念哥哥的守光纪念馆开馆典礼为由拒绝了。

李守阳把哥哥自杀的事隐瞒，对外说是为了事业劳累猝死。他要通过各种方式把他塑造成闲云城最伟大的科学家、教育家，建设闲云城最大的纪念馆只是其中一项事业。从今以后，哥哥将会成为闲云城的精神领袖，这是他对哥哥最好的交代。他太爱这位哥哥了，只能以这种方式去弥补对他的愧疚。

可他不能停止，或者说他没办法停止，哪怕陷入深渊，哪怕背负骂名。

所以不论他为这座城市付出了多少，都不能被大众所知，人们不能接受他种种不道德，甚至黑暗、残忍的行为，尽管他们是最大的受益者。他只能在背后做事，用尽各种手段，做完后默默退出。自己承受骂名，把哥哥推向光明的地方，为这座城市指引出光明的未来。他心甘情愿这样。

另一个拒绝的原因是出席会面对很大的风险，即便会场经过严格把控，传出的视频也会把他的脸隐去，可不能完全保证现场没有人偷拍，往后传到太阳城。这种因被偷拍而暴露的事情历史上不断发生。

李守阳思索后，觉得最适合代表自己去的人是夏风。

在一次宴会上，哥哥带过夏风见他，说是自己很喜欢的学生。他和相关部门领导人说了几句话，帮夏风留在了太阳城，跟在哥哥身边。他们第二次接触，是夏风带给他征召信，向他汇报了地球正在发生的事，才有了现在的事。夏风也成为他了解地火计划进展的主要途径。

李守阳并不知道哥哥在自杀前和夏风有过对话。哥哥自杀后，夏风来找他，说想跟他做大事。想到哥哥很喜欢这个年轻人，他也爱屋及乌，把他带在身边，给一些重要工作用来磨炼他。现在恰好需要一个能代表自己去地球，又不属于地球管理局的人，身为地球人的夏风无疑是最好的选择。

其实，在这件事上，夏风比李守阳想象的更合适。

得到消息那一刻，夏风愣了好一会儿。李守阳还试图给他做心理辅导，承诺在事情完成后，不仅让他得到太阳人的身份，还会让他站上很多太阳人高攀不起的高度。他立即同意，并保证会把这件事做好。

返程途中，夏风全程沉默，保持着他在地球学院锻炼多年出来的冷静、克制。回到住处，关上门那一刻，他再也抑制不住心中的狂喜，朝空气挥舞拳头，踹着长腿，身体因过度兴奋舞动出奇怪的姿势。

他必须通过这种连自己都不理解的行为发泄，任由身体听从本能的指挥。

最后，他的力气耗尽，瘫倒在床，从头发丝到脚指甲都在颤抖，汗滴从毛孔渗出，既难受又喜悦。

终于等到这一天，他终于等到了这一天。

他双眼盯着前方，模拟出星空图景的墙壁凝结出那些人的面孔。他永远记得小时候的事，记得那些官员是如何将家人残害致死的。他拼命逃离那座城市，通过天考后，拼命留在太阳城，放弃喜欢的姑娘，背叛自己的同胞、老师，就是因为这内心隐秘的仇恨。他每日每夜都想着报仇，不论用何种方式，只要能让那些人付出代价就可以。

现在，他将以李守阳的名义去往地球，他将成为监督战争的使者，他将暂时得到不可忽视的权力。权力是解决问题的最好方法。

从收到命令到去往地球这段时间，夏风每分每秒都在谋划如何发挥手中的权力，去达成自己的目的。他回忆他们的每张脸、每个名字，以及以前获得过的所有信息。他在脑海中演练各种可能，无一不是让那些人受到惩罚，流放到寒冷地带活活冻死，或安一个莫须有的罪名在狱中含冤而死，还有经历绝望后上吊自杀……这些都是他家人曾经的死法，而仅仅是因为他在学校无法忍受他们的子女羞辱，一个人打了他们五个。

他不在意战争会发展到什么地步。战争越激烈，他就越容易借着战争的名义行动。他早就希望地球陷入黑暗，让那些人以及与他们相关的所有人都进入地狱。为了惩罚他们，他宁愿让自己变成魔鬼。

今天，他终于回来了，他已不再是那个任人欺负、毫无背景的小男孩。他是李守阳的手下，他背后是地球管理局，是闲云城，甚至可以是太阳城。

他见到王真我，并不惧怕他，用平起平坐的口气和他对接各种事宜。

听说在誓师大会上是王真我先发言，夏风说："如果是李局长来的话，应该是他先发言。"言外之意，他代表李守阳来，应该先发言。

王真我看着眼前这个身材板正的同龄人，笑着说："你是地球人？"

"以前是。"

"那现在呢？"

"闲云城准公民。"夏风把身板挺得更直，语气故作温和，"希望战争之后，我们能成为邻居。"

"你怎么看待战争？"

"在时代面前，个体要么随着洪流而去，要么被冲散。"

"这句话李守阳是不是说过？"

"那我很幸运能和李老师的想法不谋而合。"

王真我拍拍他的肩膀，呵呵笑着离开了。

夏风不明白这个行为是示好还是挑衅，看着对方的背影，想说什么，想想还是没说。来日方长，他还有很多时间了解这个年轻的领导。现在最重要的是，要想在誓师大会上叫什么，这是他第一次在那么多人面前公开露面，毫无疑问会成为焦点，关乎他今后的发展。

誓师大会当日，王真我身着红黑色军装，脚踩战靴，身材挺拔，腰间佩戴一把金属长剑，面色庄严。夏风以为他生气是因为发言的缘故，想和他缓和下关系，问了这把剑的作用，顺带说了自己的困惑："现代战争中仍需要近战武器，可金属长剑未免太古老了。"

"誓师大会在古时也叫作造势大会，顾名思义，是为了营造一种浩大的声势，既能吓到敌人，也能增强自信。"王真我说，"我想，如果在气氛最昂扬的时候，我高举这柄金属长剑，或许有不一样的效果。"

"所以这把剑不是为了杀敌，而是为了塑造精神，甚至塑造信仰。或者说它是一把精神武器！"夏风的语气带着赞许，"太妙了，怪不得王将军如此年轻有为，原来懂得拿捏人性最本质的东西。"

王真我意味深长看了他一眼，勾起嘴唇笑了。

夏风也跟着笑了，觉得两人已经同仇敌忾，说道："我会全力协助王将军完成这一次造势。"

王真我又拍了拍他的肩膀。

夏风这才明白，他这个动作是示好。

他们这些大人物就是这样，基本不会直白地表达态度，而是让别人去猜。这让他有些恼火，不过只是一秒，他就明白了那些大人物的想法。如果换位思考，自己在学生面前也不敢太清楚表达自己。

他心情极好，面带笑容，态度和善，去到会场后，理所当然地坐在了最中间的位置，对周围一众副将的不满全当没看见。

王真我用眼神制止了一个想为他说话的副将，再给了另一个副将一个眼神。那个副将心领神会，用通信设备下达命令，中间座位上的名字由王真我变成了夏风。王真我接着入座，他的副将们和维和政府主要领导纷纷就座。

名字朝向台下，夏风全然不知这事。他正在暗中感慨眼前所见。临时搭建的讲话高台挂在一栋三千米高的大楼上，大楼顶部没入白云，阳光从云间透下，驱散了风中的寒冷。高台离地一千米，正对着世界上面积最大的城市广场，肉眼只能清晰看到广场下各类战车、悬浮坦克、飞机大炮，这些战争机器间有千百块电路板一样的东西，夏风用脑机上的微缩摄像机放大，才看清是一支支排列整齐的方阵。天空被数百艘庞然大物点缀，有的在云层中起伏，犹如沉睡的巨兽，这些战舰周边还有各种小型飞行器。他从小只听说过战无不胜的太阳舰队，地球维和军就像匍匐在太阳舰队脚下的没满月的温驯小狗，可现在这支军队的部分力量展现在他眼里，就让他感觉犹如滔滔大河般的金属洪流碾过自己憔悴的肉体。

全场最威严的是广场周边环绕的 3D 巨像。夏风发觉是把讲台上的人实时投影而出时，立即停止了东张西望，摆出端正的坐姿。他知道这场誓师大会不简单，但没想到如此浩大。他忍不住抬头观看自己的投影。投影也抬起头，看着天上的太空舰队，仿佛将军检阅自己的军队。

不过，此时此刻的他，比将军还要重要。他代表太阳城而来，他坐在最中心的位置，他接下来要对这支地球上最强大的力量讲话。他忽然明白了，原来儿时那么多不顺，都是为了长大后积攒运气。

他努力通过天考，去到太阳城后被李守光老师眷顾，以为已用尽运气，原来都是为了遇上李守阳这个真正的贵人做铺垫。他走到这一步并不光彩，或许对不起李守光老师，对不起地球人，可是他早就明白，这个世界所有的情感、道德等都不足挂齿，人应该只为自己而活。

今天来到了这里，看着自己的身子被投射成千米高的巨影，他觉得自己的人生忽然向前迈出了一大步。他的见识、格局、胸怀都随之提高。

他忽然认为自己不能把所有精力都放在复仇上，如果家人不死，自己就没有现在，从某种程度而言，那些仇人是帮助了自己。所以，复仇只是一件小事，在如今这个位置上很容易做成的小事，因为他触摸到了真正的权力……权力才应该是一个真正的男人该有的追求，权力才是世界上最美妙、最诱人的事物。有了权力，他不仅能得到赵芽，还能让所有暗中窥视过的学生一起服从自己。

他庄严的表情背后，已然浮出无数邪恶、淫秽、变态的想法。

过去他假装正人君子，用阳光的姿态和正确的三观伪装自己，是因为自己没有其他可以拿得出手的。实际上，那些伪装让他感到压抑。

他小时候被欺负的时候，脑子里就涌现出各种邪恶的念头，那才是真正的自己。如果拥有了权力，所有变态行为都可以暴露，都值得去实践，也应该被容忍。此时此刻，他有了新的目标，他将用往后的人生去达成这个目标。

主持人是个肥硕的政府领导，正在作开场，净是一堆无用的客套话、废话。但他的身后站着一个身材丰腴、皮肤白皙的礼仪小姐。夏风假装在看领导，其实目光多在那个礼仪小姐身上，她身上散发的女性气息让他内心焦躁不安，可现在他是最核心的人物，不能表露这种想法。他偏头看回广场下的军队，他的巨影也在俯视这群……蝼蚁。对，所有人都是蝼蚁，自己已经手握大权，不如今晚就试试权力的便捷……就从那个礼仪小姐开始吧。

等轮到他讲话时，他早先构思的内容已不知飞往何处，像深远梦境里难以捉摸的飞蛾。

先前有人问他需不需要辅助讲话器，那是一种在眼前全息投影讲话内容的仪器，观众基本不会察觉，使用也没关系。可是他果断拒绝，表现出自己对付这种讲话得心应手。他的虚荣从那个不知身份的小人物身上得到了满足，现在却要自食其果。不过，想到以后这样的讲话还有很多，他慌乱的情绪便到安定了下来。

他暗示自己已经是个多次在这种场合讲话的大人物，并且还会继续参加很多次。虽然很烦，但这是身为大人物必须要做的事。他进入这个梯队，就要学着适应。强者要先学会适应规则，才有经验制造规则。

他深吸一口气，扫了一眼台下，咳嗽两下才说："今天能坐在这里，我最想感谢的是李守阳局长。他身为地球管理局局长，丙吉问牛、敬贤下士、两袖清风……每当有灾难，他总会在第一时间赶往第一线，为了我们地球人民的幸福生活鞠躬尽瘁，死而……不对，是勤勤恳恳、任劳任怨。咳咳，他虽然没死，却比要死的人还劳累！或许有人在背后诋毁他，可他从不关注那些不好的话，这恰恰证明了他博大的胸襟、胸怀、胸……总之，他身为领导，切切实实把百姓当成父母。他也是我的贵人，如果没有他的帮助，我就不能坐在这里和大家讲话……"

他又咳嗽两声，继续说："既然能在这里讲话，我就必须要讲讲他对我的帮助，他……当然，他不只是帮助了我，也帮助了在座的各位……"

夏风越说越自我感觉良好。他用半小时感谢了李守阳，强调自己和李守阳不同寻常的关系，再用一个小时述说自己艰苦的经历，说完再继续感谢李守阳。所有人都很困惑他怎么把誓师大会讲成了个人演说，但没有一个人提醒他，他们揣摩不出是不是刻意安排，唯一有资格制止他的王真正我正饶有兴趣听着，嘴角有若隐若现的微笑，不知是赞许还是嘲笑。

台上最先躁动，有人想离开却碍于夏风的身份，毕竟他代表的是地球管理局，只能在台上玩弄一些电子小游戏转移注意力。快两个小时的时候，广场上站立的士兵也开始躁动，出现各种声音。最后，夏风的声音已经沙哑，实在讲不动了，才用两句话鼓励军队要努力打败恐怖分子，为地球营造美好明天。

夏风坐下，发现天边有些许乌云出现。他提醒王真我："王将军，快下雨了，希望您体恤您的士兵，长话短说。"

话筒是一群微型无人机，此时从夏风的周边飞到了王真我周边，捕捉他的讲话。

"立正!"王真我的口令铿锵有力。

全场哗啦一声,密集的踏步声响起,旋即消失。

全场士兵庄严肃穆,排列整齐,等待这位年轻将军的讲话。

"夏风局长让我长话短说,那我就长话短说吧。很遗憾今天李局长不能到来,本来给他准备了一份惊喜,这份惊喜将由眼前的你们缔造。"王真我说,"我们叫作地球维和军,在第二次太阳系战争后组建,用于维护地球秩序。很多人觉得我们这支军队纪律涣散,过去确实如此;很多人觉得我们剥削民众,或许地球还正在发生这些事,可绝对不是我们所为……"

夏风听到了"夏风局长"这个词,觉得被这样称呼有点不妥,可让他感觉很好。或许将来某天,自己真的成为局长呢?现在都已经是局长的代表了,那一天应该不远了。乌云已遮住了三分之一的天空,他不由得庆幸自己讲完了,下雨时讲话肯定没人听。他又开始回味自己刚才的讲话,反思哪里讲得好,哪里讲得不妥,哪里可以改进,并开始期待下一次有更好的发挥。

等开完会,他要对王真我开这个誓师大会表示认可,向李守阳汇报取得了很重大的成果,鼓励以后多开,最好打一次仗就开一次,他完全可以多跑几趟。

"经过这些年的重整,我们不再是以前的样子。我们拥有了新的编制、新的制度、新的信念,我们将会在即将到来的战争中让真正的敌人见识我们的厉害!"王真我的声音开始激昂起来,"谁才是我们真正的敌人?要搞清楚这个问题,就得知道目前的局势。首先,最强大的太阳舰队并未入侵地球,只要我们不侵犯太阳城市,他们就不会为难我们。此外,太空中有流亡城市,准备进入地球,或许已经进来了,他们的目的是消灭静默军。静默军是什么?"

天上的云越来越浓密,已经遮住半个天空,并且以肉眼可见的速度蔓延。夏风感到心慌，地球环境虽然极端，但他从未见过如此快速生成的云层。用他的生活经历解释不清，从他拥有的气候知识也讲不通。他有点不安起来。

"静默军是一支地球人组成的军队。他们藏于地下，致力于开发地热能城市。如果地热能城市开发成功，我们的后代将不再被太阳熄灭困扰。可是现在，地球管理局的李守阳联合流亡城市，要掠夺我们的地热能，要断我们子孙后代的路！"

夏风听清了王真我的话，满脸惊恐，朝他吼道："你他妈的在说什么？"

王真我跳上讲话台，拔出腰间的剑，顺势一挥。

夏风的头颅与身休分开，脖子上平整的切口喷出碎裂的红色布幔。

天上密集的雨滴砸下，将血液击散。

"每一天，我都想着砍下他们的头颅，纪念我们死去的同胞！"王真我吼道，"他们夺走了我们的阳光，他们还要侵占我们的资源，他们用尽各种方法、找到各种理由减少太阳照射的时间，全然不管我们的生活如何艰苦！他们现在还要把我们最后的希望抢走！他们才是我们真正的敌人！"

台上六个副将起身，抽出匕首杀掉他们身边的两个副将和四个维和政府高层。与此同时，军队中也出现骚乱，各种子弹射出，瞬间结束了几千人的性命。三十二艘战舰发出激光炮，贯穿另外十八艘战舰。被击中的战舰冒出火光与浓烟坠落在城市的高楼之间。与此同时，还有上百艘飞行器被击落。

躁动很快结束，有人面色冷静，有人满脸震惊。

"我们是地球人，我们将会守卫我们的家园，我们将誓死抵抗侵略者！"

王真我将长剑指天，剑上的血水淌过他紧握的剑柄的手掌，顺着手臂流下，从肘部滴落。

场下响起稀稀落落的踏步声，接着响起低吼声。脚步声越来越密，越来越密，如万马奔腾。低吼声越来越重，越来越重，如雷声隆隆。他们不约而同地用这种方式表达着自己的忠诚。

在三方计划中，王真我大张旗鼓搞地誓师大会，是为了吸引静默军的视线。他们此前已经从伽马射线炮发射的位置，推测出静默军基地在曾经的超级巨城深城的某片区域。经过实地探索，那里确实有很多人类生活的痕迹。

被仇恨侵蚀的戴雷德必须要亲自带队进攻，他率领黑石军拖拽一座空城靠近地球，吸引可能会再次出现的伽马射线炮。

在李守阳指挥气象部门制造云层，遮挡地球视线之后，戴雷德将率领军队从地球南极登陆，快速掠过太平洋进攻深城。维和军没有全部去参加大会，他们中有部分人藏在结冰的南海之中，等到黑石军到来时一起发动进攻，却始终没有收到命令。

戴雷德按捺不住，独自朝深城发起了进攻。城市响起密集的警报声。

静默军竟然提前布下了埋伏，数千座摩天大楼上的冰轰然碎裂，安装在摩天大楼上的巨炮射出各类光束，打得戴雷德的舰队如被捅了窝的蜂群散开。

戴雷德丝毫不手软，命令舰队打开护盾，不看炮弹的具体位置，直接下令攻击所有安装炮弹的大楼。接下来，城市中的大楼如被砍倒的大树坠落，发出轰隆巨响，浓烟与水蒸气卷上天空，与乌云相接。云层中不断有闪电撕裂，宛如末世来临。

激战了三个小时，戴雷德损失了带来的三分之一力量，才攻下深城。

他派无人机和铠甲士兵下去清理，要求一个活口不留。地面部队进场没多久，传来消息，没有人……都是仿生机器人……戴雷德还没从愤怒中缓过神来，便听到观测员说维和军正在过来。

他骂骂咧咧，看向维和军应该出现的方向，却没见一艘战舰。乌云滚滚中，他似乎看到了什么，仔细看，再仔细看，是一些光点……不对，是光线，只是从他那个方向看是点，意味着……刺耳的警报声炸响。

"紧急闪躲！"戴雷德吼道。

戴雷德被眼前的闪光炫得闭上眼睛，晕了好一会儿，才感觉到自己仍然存在。感谢宇宙，自己还没死。他试图睁开眼，眼前的景象像一幅一幅叠加的抽象画。他的耳朵听到各种嗡嗡响，又有各种杂乱的声响，世界混乱极了，人的声音，自然的声音，战争的声音，各种声音填满世界。杂乱的声音忽然汇聚成轰隆巨响，旋即天旋地转，他的身体撞到什么后，一切都安静下来……戴雷德睁开眼，看见自己乘坐的战舰被十多栋摩天大楼拖住，有三栋刺穿了它的舰身，不时有浑身着火的人跳下来。舰身撕裂出一道恐怖的伤口，火焰从中喷射而出，自己是从那里掉出去的，好在有铠甲防护。

戴雷德低头看着覆盖自己身体的金色铠甲，忽然有些恍惚。过去他不太喜欢穿这种东西，觉得没有什么能威胁到自己，温暖却执意让他穿上，甚至不惜发脾气。她说，不怕一千次的战斗没事，就怕那第一千零一次的意外。

那个女人，从来都是宠辱不惊，因为这事发脾气，还挺好玩的，他也就顺从了她。

还没到第一千零一次的战斗，在刚才那种程度的轰击下，要是没有这件皮米铠甲，他已经成为一个死人。

"将军，请回答！"熟悉的声音响起。

戴雷德发送位置。不一会儿，一艘战舰飞来。战舰还没落地，身穿纳米铠甲的林小响跳了下来，帮他挡住了一道射来的激光。

戴雷德怒瞪突然出现的敌人，身上的金色铠甲射出几颗圆球，贯穿了对方。圆球化为液体态的东西爬回他的铠甲上。林小响爬起来，着急地询问他情况。他摇摇头说没事。

戴雷德想继续重整队伍反攻，被林小响拒绝，请求他回到太空，留得青山在，不怕没柴烧。没有手下敢在他这么疯狂的时候抗令不从，敢的人也都去投胎了。可这一次，他冷静下来，看到林小响铠甲上的裂痕，点点头，坐上战舰，趁着混乱逃离了。

十 一

城中的混乱还在继续。直至战舰驶入云层，脱离危险之后，戴雷德才发布撤退命令。岑木木亲眼看着这一切，感到愤怒、无力和悲伤，种种情感轰击着他，一点不比战场上的枪林弹雨好受。

混乱是战争的主题，如果不停止战争，混乱将会升级。

岑木木身处混乱的起点，可以通过林小响接触戴雷德，并且是被摘除了听话器的地球人。如果像他这样的人还不自觉，那谁来保护家园、保护亲人？这是他有机会落地逃走，却要留下的原因。他不是一时兴起，而是见证了战争的残酷后，从愤怒变得坚定。他只是有一些想法，不知道会怎么样，可不论如何，他都没办法视而不见。哪怕有一点成功的可能，他都要用尽全力。

两次进攻都失败后，所有人都以为戴雷德会重新整顿队伍，停战的时间会长一点，做好准备再卷土重来。可只过了三天，便有十二艘母船高速掠过地球轨道，投下密集的动能炮弹，对沿途的城市发起无差别攻击。即便隔着云层，也有半数目标被击中，平民死伤惨重。

黑石军中有些地球人不忍看见家园被如此糟蹋，从想反抗变为真反抗，但总在最关键的时候后脑勺炸开。这些反抗不但没有作用，反而形成无声的震慑，很多怠慢的人都因恐惧变得勤奋。

奔向大义的路上，死亡永远是最大的阻碍。

王真我还没来得及完成下一步的防御布局，便亲率军队赶赴各大受难之地，拯救百姓。这事尤为紧迫，要赶在天黑之前救出被困人员，否则随着夜色笼罩，不论多强壮的人都会被低温击溃。

王真我用尽手上掌控的所有力量救援，也呼吁百姓自救，并将无处可去的难民收入战舰之中。这导致战舰失去了机动性，漫长夜晚还没过去，敌人的第二批攻击又到来了——这些战舰在部分母舰撤离到月亮边缘时离开母舰，躲在月亮背后，等待进攻指令的到达，马不停蹄地赶往预定地点，冲破云层，对着目标倾斜火力后逃之夭夭。

第二次突袭令王真我的军队损失惨重，有半数参加任务的战舰被击落，能留下的战舰不超过二十艘。王真我最为恼火的不是军队的损失，军人殉职天经地义，被击落的战舰多数还能维修，而是很多战舰中有平民百姓，他们有的躲过了第一次却没躲过第二次。

王真我早就知道，战争没有底线，可以为了胜利不择手段。他熟读军事论著，了解上真实历史的战争，指挥计算机 AI 进行过沙盘推演，以为自己经验丰富。可他最大的底牌已经用完——隐忍多年，在他们最信任的时候反叛，给他们迎面痛击。这样的机会不会再有第二次。战争刚刚正面展开，他就被戴雷德狠狠捶打。

他知道不会顺利，却没想到这么被动。

"戴雷德久经沙场，在黑暗的太空中征战多年，算是边缘世界最有战争经验的人了。"他的老朋友安慰他，"在这方面，也只有太阳城里那些活了几个世纪的老狐狸比得上他。"

王真我曾秘密见过许多次这个老朋友，现在是第一次公开见面。

未公开身份前，王真我的代号叫天鹰，天上翱翔的鹰，戴着面具与天上那些人周旋。他眼前的人名叫郑远，是地火计划的领导者之一，名义上的静默军将军，自称土龙，说是"在土地中游走的龙"。

郑远用了挺久这个代号，王真我才告诉他，地球的土壤中还有生物时，有一种叫蚯蚓的东西，另一个名字就叫土龙。王真我还给他展示了3D模型，看着这细长丑陋的无脊椎动物，他即便后悔也无法更改。了解了蚯蚓的习性后，他便大大方方接受了，觉得自己和蚯蚓没啥两样——常年带领团队深藏地下，为地球人的明天守望。

技术长久无法突破，天考每年吸走了大量地球上的顶尖人才。他们不得不向太阳城发送征召信，呼吁那群精英回归，也做好了暴露计划的准备。他们推演过多种可能，和流亡城市的战争也在推演之中，可没有料到在王真我反叛重创对方之后，对方会这么疯狂地回头撕咬。

战争到了这个程度，几乎到了鱼死网破的境地，对方还是没有要收手的意思，他们只能做好持久战的准备。

"我们虽然损失惨重，可这也让所有地球人明白了真相，今后能团结一致了，很多工作可以更好地开展。"王真我说出了想法，"我们要保持之前的策略，坚决反对地管局，但不反对太阳政府，尽量让这些声音传出去。眼前要做好的是保护人民群众的安全，我会把聚集的居民区分散开，派军队去保护主要城市，加快建设对空炮，再按照你说的，把难民移入地下城。可这样的话，地下城被发现的风险会大幅度提高。"

"建设地下城是为了百姓，如果百姓没了，不被发现又如何。"郑远说，"除了地火9号，其他地下城将会停建，把智能机器分一部分给你用于战争，另一部分去建设避难所。我会把技术人员全都带往地火9号，继续攻关人造太阳。"

王真我沉默片刻，才说："我要去见李守阳，他最近在以地球管理局的名义传唤我。"

"你疯了？"郑远反对，"地球不能少了你。"

"战争已经失控，戴雷德占据主动，不想打了就可以跑，潜入黑暗之中。可李守阳不一样，他还是有所顾虑的。"王真我耐心地解释道，"他知道我不敢动他，动他无疑是对太阳世界宣战。他也不敢动我，那一炮的威慑还是在的，戴雷德想要在那里偷袭我的话也要考虑后果。所以，这次碰面是成立的。"

"见面为了什么？"

"对话，看看有什么机会。在这场战争中，我们是最大的受害者，持续下去只会让越来越多的人受难。"

"你曾经说过，我们不能服软。冰原狼也说过。"

听到"冰原狼"这个代号，王真我内心一阵刺痛。

他又一次沉默，眼睛里充满疲倦。

过了好一会儿，他才继续说："以前我们意气风发，从前辈们手里接过火种，用了很多年的时间，让星星之火得以燎原。可我们面对的是汪洋大海，只要一次海啸，再大的火都会被浇灭。我们必须步步谨慎……我们为这遥远的理想付出太多了。"

这一次轮到郑远沉默了，他最清楚眼前这个年轻人承受了什么。他至今难以想象是什么支撑着他走下去。

"如果我回不来，这里就靠你了。"

王真我去到地球管理局本部，落在近地轨道的太空站，其实已经算得上一座小型的太空城。

这座小型太空城里有大大小小几百个部门和过万员工，管辖着种种地球事务。明面上如此，实际上真正愿意管事的没有多少。他们把来到地球工作视为"流放"，把这座小型城市改造成乌托邦，以抵消漫长的孤独，等待有一天能回到太阳城。

李守阳没办法改变这种状况，况且也没理由改变。他只着手抓宣传部门工作，严格控制网络上的话语尺度，不容忍出现丝毫不利于管理局的话语，对上面汇报自己做了多少利于地球民生的事——实际上，这里的工作人员越来越怠慢工作，直至最后没啥事干。等到战争发生，他们发现自己的工作岗位已经名存实亡，不过他们并不在意。他们从未在意过脚下这片土地上的人，即便在意，也视作家养的需要管理的牲畜。另外，李守阳局长向他们保证过：他们即使失职，也不会造成任何恶果，他们也自觉地守口如瓶，从不透露这里发生的事。

这座庞大的机构陷入死寂，自始至终只有李守阳和寥寥几人出过面。但就是李守阳和他手下可忽略不计的那几个人，出于自己的某私心，动了动手指头的权力，就让他们脚下的千百万人成为战争的牺牲品。

王真我见到李守阳，坐在为自己准备的凳子上。这场对话只有两个人。

"看来是以我们两个人的名义会面。"

"是啊，没想到，现在见你还得以地球管理局的名义传唤。"李守阳笑道，"士别三日，当刮目相看。"

"我没有变，只是你一直眼瞎。"王真我毫不留情。

李守阳笑容凝固，似乎在努力克制自己，嘴巴忍不住抽动。

王真我直截了当，要求李守阳让戴雷德撤军，停止这场已经没有任何意义的战争。

李守阳表示无能为力，戴雷德像头发疯的狮子到处撕咬，战争已经失控，送给他的武器也收不回来了。

李守阳原本还算地球维和军的上上级，算是有些势力的，现在维和军被王真我改了番号，成了地球守卫军，自己成了光杆司令，说的话没有任何作用。第一次太阳系战争后，太阳城没有独立建军权，他也没办法从那里调来军队，况且即便能调来军队也不会制止。

"为了向太阳城隐瞒，我还要继续制造云层，外加使用各种手段屏蔽这里的动静。"李守阳承认自己的被动，"戴雷德已经不怕我了，对他而言，打不了就跑路。他反而知道我害怕什么，从目前来看，只有他能向太阳城发送信息。"

"我们也可以。"

"所以，我今天要告诉你，如果你们敢冲出高轨道，会被视为是侵犯太阳城市群的行为，这是太阳舰队的底线。"

"你能代表太阳舰队？我怀疑是你害怕我们出去揭露你，你才虚张声势的。实际上，你没有资格定性这是不是侵犯。"

"你可以这么理解，也可以试着冒险。"李守阳说，"不过，从你们上次的广播来看，你们还没有胆量说这事。"

上次静默军广播和平声明时，有机会揭露李守阳的所作所为，可他们没有唐突。

王真我之前听令于李守阳，所得信息有限。他猜想李守阳这么大胆，背后应该还有人。如果真是这样，打下了他这个局长，下个局长仍然会成为他。让他背后的人愤怒，地球可能会遭受比战争更可怕的事，曾经有过这样的教训。他想做的是和李守阳达成互不侵犯的共识。

"你给我们退路，我们也给你。"王真我说，"现在没办法合作共赢了，但起码不会鱼死网破。"

"从目前的情况来看，根本没有什么静默军。即便有，也是一支很小的队伍。地球自始至终只有你的守卫军。"李守阳转移话题，"伽马射线炮只用了一次，后面有机会给他们造成重创却没有再用，证明这个武器局限性很大。我之前派人勘测过，得出的结论是所需能量太高，你们承担不起。"

"你想说什么？"王真我皱眉。

"地球或许能抵抗一段时间，但最终会失败。"

"你仍幻想可以在戴雷德获胜后得到地热能？"

"或许吧，没有人能料到后面会发生什么，现在的情况已经和所有人的料想发生偏差。"李守阳说，"我也是慢慢明白，战争不会成为人的工具，战争机器启动的时候，生命、人性、道德、文化这些东西会都成为它的燃料。战争本身才是有生命的恶魔，它无视一切，摧毁一切，想要停止它，必须付出比发动它更大的代价。"

"你早点明白就好了，吃了屎再说屎难吃没有意义。"王真我说，"我到现在不明白你叫我来干什么。只是为了警告我，再叙叙旧？"

"我想知道你为何叛变。"

"我没有叛变，我本来就是地球人。"

"这个理由不充分，很多地球人更希望地球毁灭。我想问你些问题，这是一个失败老人最后的不甘而已，你可以拒绝解答。但是你解答的话，我可以告诉你一个秘密。"

"你这话像哄小孩一样，不过我不想拒绝。"王真我说，"我会利用这次机会，试着让你感受到更多痛苦，虽然不能和我感到的同等。"

"那么，你是从什么时候开始想要背叛我的？"

"可能从我发现你耳聋，说什么都听不清开始吧。比如我刚声明过我不是背叛。"王真我说，"我们家族从没有人想过背叛地球。"

"我记得在第二次太阳系战争中，你爷爷最后站在太阳舰队这一边。"

"我爷爷早就知道第二次太阳系战争会失败，为了保护更多人，才不得已站到你们这一边。"

"看来你爷爷也是叛徒，你爷爷背叛了地球去效忠太阳舰队，你又背叛太阳舰队效忠地球……你们这是一个专门生出叛徒的家族。"

"你的嘴巴很硬，但你也只有嘴巴能硬了。"王真我说，"我爷爷背负骂名死去，可他不在意，他死前告诉我父亲，只要地火计划能成功，他再被人骂一千年也心甘情愿。从我爷爷那代人去就开始策划地火计划，由我父亲继承，本来是一件给人希望的事，却只能暗中进行，就是担心你们这些贪婪的东西。很难想象，你们都贴在太阳身上了，还会窥伺我们这点资源。"

"前一任局长也做过这事？"李守阳并不知道前任也想过要掠夺地热能，他也没刻意问过手下的员工。实际上，他履职多年，和员工基本没交流。员工们不喜欢这工作，他恰好要用这职位谋取利益，和员工保持距离，用自己信得过的人办事最好。

"你的前任已经快要查出地火计划了，为了试探他的态度，我父亲给他透出了一些信息。他知道后，态度坚决，要捣毁这个计划，把地热能占为己有。但是这个家伙又很虚伪，一开始不透露想法，会做一些表面上的善事迷惑周边的人。等我父亲发觉，已经很难规避，只能想着替换他。'垃圾案'你知道吧？"

"当然，他们把太阳城的厨余垃圾加工后运到地球贩卖，母神还告诫我不能再干这样的事了。"李守阳说，"我还以为他只因为这件事被处理。"

"这事其实是我父亲策划的，就是为了栽赃给他。不过，我父亲也逃脱不了了。"王真我说，"那时候，我们开始了另一个计划。我先以大义灭亲的形象出手，揭露这事，保住了维和政府和维和军的那些高官，得到了他们的支持。接下来，我的兄弟们协助我进入军队和政坛，暗中给我拉拢资源，消灭了我的对手，帮助我上位。"

"你做的事连戴雷德都听说过，不简单，我记得你不仅大义灭亲杀了你爸爸，还杀了很多兄弟吧？"李守阳似乎想戳他的痛处。

"有，不过都是演戏。那时候，维和政府和军队很复杂，我们早料到会有很难解决的对手，从我揭发我父亲开始，就有一些兄弟假装站到我的对立面。如果有很棘手的政敌，我的兄弟们便和他们组成团，对我施以各种打压。这些都是让我收集有用信息，让我有机会、有理由解决他们，稳固自己的统治，但我的兄弟也逃脱不了。我每往上爬一步，就死去一个亲人，走到现在，只剩我自己一个人了。"

"为什么选你？"

"因为我最干净，在那之前，我从未参与我父亲的事。"王真我说，"况且我在太阳城待过，履历丰富，了解你们，更有利于实施今后的计划。"

"你去太阳城的时候，不知道这些事吧？"

"不知道，在那之前的人生，我最恨的就是我的亲人们，尤其是我父亲，觉得他让权力迷失了心智。父亲把我所有的哥哥姐姐都带进政府和军队，毫不忌讳地提拔他们，给他们权力，让他们加入那些险恶的斗争。

等我知道这些事，计划已经开始，我明白了父亲的伟大，却不再有机会和他并肩作战了。"

"他没有死吧？《太阳律法》没有死刑。"

"为了防止记忆窥探仪知道他的真实想法，他自杀了。"

"原来是这么大的一盘棋。"

"可是我们没想到，牺牲了那么多，却换了你上来，你比你的前任好不到哪里去，像他一样虚伪，甚至比他更贪婪。"

"不如你啊，你这从小就被培养的政治天才。"

"我最讨厌政治了，没想到有一天会被卷入政治的旋涡中心。"

"你伪装得很好，我一直觉得你只是想占有更多。有些事我现在还不明白。"

"可以问。"

"你为什么要发展机器人？失业率提高，大批人流失到了流亡城市，这似乎对地面上的人不友好。"

"建设地热能城市需要机器人。第二次太阳系战争后，我们没有完全放弃全智能技术。前几年我们故意渗透了一些到地面上，明面上是为了谋利，其实为了试探你的态度。你们这些大人物的态度很重要，却时常令人捉摸不清。好在你默认让我做了。"

"我是想让你征兵。"

"我也在做这事，效果挺好的。再说了，让更多人失业，才有人愿意去到地下。避免不了有人去核能城市和流亡城市，我们也需要渗透一些人过去。也是一举多得的计策。"

"到流亡城市的估计没啥用。"

"是的，受限于你给戴雷德的听话器，他们真是惨无人道的奴役工具。"

"当初戴雷德背着我找过你，和你策划过一些事，你为什么同意和他达成协定？"

"我知道戴雷德不会遵守协定，也想到可能是你的测试。只是觉得拖得越晚越好，伽马射线炮正在建设的关键期，我们非常需要时间。我一直在假装寻找线索，又暗中阻止其他人寻找，当初有个高官通过人口流动得到一些信息，然后被人枪杀了，其实就是我干的。"

"哦，我们的第一场战斗，输给了还在试验阶段的武器……所以说，戴雷德不搞那些小聪明的话，或许不会有这个结果。"

"或许。"

"那你为什么愿意轰炸核能城市，看着你的同胞被烧死？"

"都是仿生机器人，轰炸的城市是实验失败的城市，人和有用的物资都提前撤走了。"

"我见过的那些俘虏不可能是机器人。"

"那些不是机器人，是我的战友，是真正的静默者。"说到他们，王真我感到沉重，"他们改变了自己的记忆，自愿成为俘虏，传递出错误的信息，配合我干扰你们的视线。"

"那么多人愿意为了地火计划献出自己的生命，不容易啊。"李守阳毫不掩盖自己内心的震撼，"怪不得我会输……你们是一群有信念的人。"

王真我沉默了，他享受这种感觉。他不止一次梦见过李守阳被火烧死，现在看来被活活气死更好。

过了一会儿，李守阳问："在太阳城的时候，你是我哥哥的学生吗？"

"是。"

"我早知道你去过太阳城，但不知道你是他的学生，这些天调查了才知道。"

"怎么了？"

李守阳想了想，说："他是个好人。"

"我知道。"王真我说这话时，语气中没有一点儿刺，是真正的尊敬，"他是很好的老师，心胸广阔，有大爱，尊重每一个人，如果他是地球管理局局长，地球人肯定能早日走出黑暗。"

李守阳笑了笑，笑得很难看。

又过了一会儿，李守阳说："如果给重元素炮强化发射引擎，蓄力时间足够的话，可以作为强核炮使用。"

王真我脸色巨变，他知道那种概念……重元素炮是贯穿性极强的武器，可还属于热能武器，如果升级成核炮，势必带着更强大的毁灭力量。《太阳系行星公约》规定不能制造有重大杀伤力的武器，核能便是其中之一。可戴雷德那个疯子，他已经被仇恨浸透，什么事都做得出来。

不过，他又觉得不对，李守阳怎么会透露这些。

"你什么意思？"

"戴雷德还不知道。如果他知道的话，后果不堪设想。"

"我不相信你会这么好心提醒。"

"我的本意不是要草菅人命。"李守阳叹了一口气，"如果有选择，我也希望成为我哥哥那样的人，愿意为你们提供技术，帮助你们渡过难关……可是我没有选择。我的良心告诉我……如果我还有良心的话，应该提醒一下你们。"

"那你应该把云层驱散，坦白你的罪恶。"

"良心好像没那么重要了。"

对话结束，王真我带着消息赶回地球，立即召开会议讨论这件事。

李守阳看着被云层包裹的地球，内心没有因为出局而平静，反而更矛盾、煎熬。他还能左右局势的时候，可以不管太多，为目标埋头苦干，人劳累了就没有心思考虑太多。现在他成了一个旁观者，唯一能做的事是用尽办法制造阻碍，防止太阳城发现地球的烂摊子。事情少了，他开始有时间思考，关于人生与理想，关于善与恶，关于战争、文明和历史，此外再幻想戴雷德早日停止战争，遵守承诺把地热能让给自己。或许不会全给自己，可自己毕竟还是地球管理局局长，多少能分一杯羹。他现在担心的是那个疯子真的把重元素炮升级成强核炮，除了会给地球带来不必要的伤亡，让他良心遭受不安，还有可能被太阳母神探测到能量波动，从而再次介入。可他不能跟戴雷德说这事，不能让他知道有这种可能，只能告诉王真我，让他们派人去解决。

李守阳年轻时为了工作，睡眠时间混乱，身体出过一些问题。调养后，后半生都在按照闲云城的时间作息，大体上算是有规律。在地球这事开始后，他便很难睡着，常常辗转反侧，难以入眠，即便服用药物也会半夜惊醒。尤其是近段时间，刚睡着就梦到过去的种种，最多出现的人是他哥哥。

哥哥的离去让他的人生陷入黑暗，他把这种感觉比作地球人见到了太阳熄灭。

哥哥在梦里和他吵架，控诉他的所作所为，导致很多人流离失所、家破人亡，让很多人都真切感受到了人生中的太阳熄灭……任何理想都不应该以这样的手段实现。

年少时，他以为只要个体足够强大，就有改变世界的力量。

这种自信随着对这个世界的了解深入土崩瓦解。他和哥哥都无儿无女，便是源自对理想的一个交代：既然没办法解决闲云城的能源问题，就用个人的努力让这座城市少承担些。这是无力的贡献，甚至谈不上贡献，除非每个人都愿意少生孩子，生育率降低，现有的能源就足够了。过去的历史中，经常宣扬减少生育，或许有过一段时间的成效，可总体上人口基数都呈现上升，不论环境是否恶劣，从地球拥挤到太阳系拥挤，想想未来就令人窒息。

有时候，李守阳想，如果人生能重来，他宁愿像父母那样度过平凡的一生，也不愿独自承担这些沉重与矛盾。他并非是将人命视如草芥的恶魔，不仅如此，他曾经在竞选闲云城市长时，还强调过要尊重每个个体，不论地位高低、身份贵贱，所有市民都应该得到平等待遇，他人生中有大部分时间为了这事忙碌。只是权衡过后，他把闲云城的人民摆到了比地球百姓高的位置，才不惜发动战争。

哥哥在梦中的控诉让他明白了自己的罪恶，或许梦境源于内心深处的觉醒，这种罪恶和他对家园的爱相互撕扯，令他进退两难。如今他只能盼望戴雷德早日赢得战争，到时他会出手，让他停止对百姓的屠戮。而得到了地热能后，家园的人们会借此走向新时代。

完成这一切后，他将追随哥哥而去。

李守阳做下这个决定后，感到心安了些。他终于睡了一个好觉，可第二天醒来，得到的情报让他暴怒。他忍不住握紧拳头，发出低吼，浑身的力气无处可使。

戴雷德丧心病狂，为了报仇，竟联合各大流亡城市，许诺让他们瓜分地热能。这意味着即便赢得战争，他所能得到的能源比例更少，甚至得不到。如果他们拥有快速汲取能源的技术，很可能会快速完成瓜分。

可不论哪种情况，李守阳都不敢不制造云层，除非他有同归于尽的勇气。

戴雷德也没敢做绝，起码联系了李守阳，承诺地热能还有他的一部分。戴雷德知道，如果李守阳看不到希望，也不是不可能同归于尽。不过，他也仅限于做出承诺，并不一定兑现。

李守阳暗中派给戴雷德的技术人员已经被安装上听话器，戴雷德要挟他们提供更多技术，在恐怖的威压下，重元素炮能升级成强核炮的事情败露，戴雷德立即着手准备。

事情越来越不可控，李守阳从策划一切的人到被摆布的人，最不重要的人反而占据了主动。这让他感到挫败。这种挫败还包含着苦苦追求一生的理想的逐渐暗淡，抽干他的热情，抽干他的力气，再渐渐抽干他的生命，令他一蹶不振。他每天佝偻着身体，唉声叹气，如一棵被榨干水分的老树。

十 二

挫败不会打倒一个人，尤其一个坚强的人。挫败如果反反复复，坚强反而会成为一种折磨。可不论如何折磨，如何失望，都需要不断重来。

随着难民拥入，这座城市越来越不稳定，如果她再没办法突破，可能外部的敌人还没打来，崩溃就从内部开始了。忙到身体被抽空、意识混沌的时候，赵芽常常望着某个地方发呆。此时，她的视线已不在眼前的景象，而是随着回忆飘向过去。

她常常想起在太阳城时的生活，那应该是她这辈子最安静的时光。摆脱了过去的幽暗，虽然为工作担心，偶尔有些小谣言，作业也多一些，可除了这些，生活不会有大动荡，没有压抑、没有恐惧、没有黑暗。当然，她并不会因此后悔，自己选择了回来，也料想到了这里的艰苦。这几年，她为了人造太阳，日日夜夜埋头苦干。劳累时想一想过去，不一定都能愉悦放松，有时会感到怨恨和不甘，可这种习惯戒不掉，也没必要戒掉。人总是喜欢回忆往事。

除了想太阳城的人和事，她还会回想更久远的过去，也常常想起岑木木。

战争到来了，那个叫岑木木的故人在哪里？赵芽常常梦到他。梦中的他有时非常无助，受到战争的影响东躲西藏，或在战场上担惊受怕，有时他会全副武装，独自面对千军万马毫不慌乱，成为战争英雄在台上接受表彰，无比耀眼。有一次，她梦到地下城被攻陷了，她四处躲藏，恐惧无比，正要被敌军俘虏时，岑木木穿过火线而来，"突突突"，消灭了敌军。打败敌人后，他们不急着跑，岑木木摘下头盔，眼神真挚，她的疑惑瞬间变成感动，因为他手上拿着戒指。他说，跑了那么远，杀了那么多人，就是为了见到她，希望她嫁给自己。赵芽想答应，却听到另一个人叫她。她回过头，看到那个比自己年龄大一倍的男人也向自己求婚，竟然犹豫了。

醒过来后，赵芽没有因为梦到岑木木向他求婚而感到羞耻。她跟岑木木青梅竹马、从青春期知道了男女那些事，她就对岑木木暗生情愫。和他考上太阳城后，她以为两人会有新的开始。她回来后就去找他，也有这种心思。但让她内心荡漾的是那个突然出现的男人。

梦是内心的映射，出现那样的场面，证明她内心深处确实有这种渴望。

男人叫郑远，大家都叫他领导。按照地球的年龄，他顶多五六十岁，还很年轻，就能成为这种大计划的领导者，没有人不佩服。让她心动过的岑木木、夏风老师，在这种人面前暗淡无光，或许和他讲话都紧张得磕磕巴巴。

赵芽从未想过和他发生私人关系。最开始，当他询问赵芽的工作进度时，赵芽只觉得是领导对工作进度的关心。她慢慢发现不寻常，是源于别人的谣言——她为人处世的敏感度似乎很低。她慢慢在意起来，她之前以为他的关心是为了快点得到成果，后来发现就是单纯的关心。有时候，可以说是非常关心，除了工作上的事，还常常在生活上嘘寒问暖。

地下城市不只是一个空间上的新世界，他们还致力于在精神观念上建立一个新的准则，他们推崇平等、共和理念，即便平常人也敢开领导的玩笑。

有人试着在赵芽面前把玩笑当成真话讲，说领导肯定喜欢她。她不为所动，说他这样优秀的人肯定不缺乏女人的爱慕。跟她开玩笑那人说，爱情这种东西，别人爱慕自己跟自己爱慕别人其实没有必然联系，就算全地球人都喜欢他，也改变不了他喜欢你。后来，她又听别人说，他其实从未谈过恋爱，在他还是一个小孩的时候就扎进地火计划，为这事奉献生命。

在地下城市里，拥有奉献精神的人比长得帅要加分得多，这让他多了更多爱慕者。

要是别人知道领导对自己有意思，肯定欣喜若狂，可赵芽最先感到的是惊恐。她不知道自己有何魅力能让他这种人喜欢，之前夏风老师喜欢自己时，她便很困惑。她总觉得原生家庭让自己身上充满残缺，她不知道如何爱人，似乎也不会接受被爱，只有岑木木能让她感到松弛。可在太阳城度过五年后，岑木木似乎也变成了陌生人。更多时候，让她感到安心的事是埋头学习和工作，她对男女之事不了解，也不敢触碰，这在别人眼中成了刻苦。

她在太阳城主修巨型结构学，选修太阳学，对人才稀缺的地下城来说无疑是雪中送炭，刚回来就被捧到了很高的位置。可至今毫无进展，没有人对这事公开说什么，她却感觉到了很多来自暗中的质疑。

郑远知道了这事，安慰她说，这事几十年没有突破，别胡乱想太多，也别给自己太多负担。

他似乎很了解她，这更让她感到不安，随后是警惕。

她想要被人了解，却又害怕被了解，矛盾心理让她做出矛盾的反应。她刻意纵容脾气，然后找到机会对他发泄。她说不出这是测试还是什么，甚至有时不知道是有意为之，还是被情绪牵引。可他总能包容，用温和、耐心、幽默的态度应对，像经验丰富的医生调理病人的瘀结。

她的坏情绪是微小的火苗，而他拥有整片的森林供给她慢慢燃烧。

当他因为战争要离开地下城市时，她竟然开始担心，第一次主动嘱咐他注意安全。他对这种担心保持得体的应对，她的内心反而兵荒马乱起来，觉得自己不应该表现出主动。实际上，她只是不再冷漠，但也谈不上主动。

战争的消息有时一天传回来几次，有时几天传回来一次。地下城一如既往地忙着建设、实验、改造，唯一感受到战争压力的地方就是不时到来的难民。

难民越来越多，占据了地下城的每个角落，需要花费大量人力、资源去管理。本来这些事交给机器人就可以，可很多人不愿意听从机器人的安排，常常发生矛盾，有时即便真人去协调也无济于事。长期住在地下城的人不明白，明明战争到来，应该为了活下去团结一致，可仍旧有很多人不配合。

赵芽倒是挺了解。在地面上的人自懂事起就知道太阳要熄灭了，对未来很少有期望。现实世界的寒冷导致出门时间少，能够长时间漫游的网络又被地管局严格把控，长期压抑的环境导致人们内心畸变。来到了这个地方，受到了庇护，反而大胆张扬起来，把感激抛到一边。

赵芽喜欢乘坐地面交通工具，有种踏实感。原本从居住地到工作地只需要五分钟，现在最少也要半个小时。难民早已挤满能居住的房子，又在房子之外撑起帐篷作为临时居所。有些人嫌弃拥挤，擅自移到路上，每天需要安排人清理。清理完了这一段路，上一段又被挤满。

他们之前听信谣言辱骂静默军，现在又理所当然地把地下城当成新家，自身不遵守规则，在受到一点不公时却发怒。可管理人员又不能采取强制措施，自私的人不少，有担当的人也多。他们加入了守卫军，参与反抗战争，在地面上与入侵者战斗，只希望亲人能安全。除了这两类人，还有很多漠不关心的人、抱怨的人、祈祷的人，形形色色的人挤在一起，构成一幅鲜活的图景。

这样的景象容易让人想到以后，当地热能内循环城市建成，开始接纳地面人，给他们展现一个全新的世界时，会是想象中的乌托邦，还是持续着这样的混乱？

混乱又开始了。似乎是难民不满机器人的开心问候，和机器人打了起来，惹得其他难民也出手，扩大到对周边设施的打砸，以发泄心中的怒火。打着打着，难民们互相攻击起来，谁也不知道为何发展到这步。这样的事毫无逻辑可言，拍摄成电影肯定被骂，却每天都在发生，难以解释，也没人想解释。

事情发生的时候，赵芽没有像周围人那样离开座位，也没有发出什么声音，甚至连表情都很平静。AI司机已经检测到外面的暴乱，封闭了车窗，并且安慰车内乘客，车厢坚固无比，单靠人力是无法打破的，可还是有人惊慌失措。AI声调稳定，听起来车内的人除了被吓死，基本没啥危险。

车窗占据大半车身，能看到外面的人如蚁群涌动，一张张脸轮流贴在玻璃上，恐惧、慌乱、兴奋、享受等表情不一而足。

过了一会儿，人们一窝蜂跑掉，原来是城市警察到来了。城市警察抓捕了肇事者和十几个故意煽动混乱的人，听了他们的指控，结合周边监控设施，判定是人殴打机器人，因为机器人要对赤手空拳的人出手的话，能单挑一百个。他们还判定是通过车内全息投影播放出来的，同时也传播到了其他地方，然后通报这种行为触犯了临时法，告诫市民要遵守规章律法。

"没啥用，临时法出来那么久了，不可能还有人没看到，单纯就是不想看。"

"比刚开始的时候好多啦。特殊时期，我们多宽容，他们也不容易。"

"如果这种特殊时期一直延续呢？混乱要一直持续吗？"

"不论什么时候，混乱都会发生，没有绝对稳定的社会。稳定只是相对的。"

"你讲话像哲学家，是从事哲学工作的？"

"这个世界暂时不需要哲学，但哲学肯定在将来某天会拯救城市，虽然只剩下我一个人……"

…………

车内的人叽叽喳喳，赵芽只是无意地听着，突然一激灵。

车刚到站，她立马跑了出去。车厢内的人见状，又惊慌起来，跟着她冲。大家跑了一段，才发现什么事都没发生……还以为又混乱了，这姑娘急着逃命。

赵芽没有注意到身后，她的脑海里回荡的那两句话："……没有绝对稳定……稳定只是相对……"她似乎意识到之前的问题出在哪里了。

她冲进实验室，立即下达指令，要求团队重新布置实验。

她要攻克的是人造太阳技术。但这个人造太阳不是简单的模拟太阳，也不只是在天空中充当照明的东西，而是一个巨型磁约束热电转化综合系统。

早在公元时代，人类就掌握了地热能发电技术。最初利用热能把水烧成水蒸气，结合低温水驱动机械运动，再将动能转化成电能的蒸汽发电法。后来又有了扩容发电法、双循环式发电法和全流循环式发电法等。这些地热能发电技术在某个历史时期趋于成熟，后来，地球人类拥到太阳，再也不需要地热能了，技术也随之没落。

随着太阳熄灭，全球低温，地热能开采难度变大，技术也被遗忘。最初的静默者们翻阅历史资料，慢慢恢复那些技术，才建设出了初代地下城。初代地下城极不稳定。巨型发电结构会导致地质变化，从而引发一系列次生灾难。无数人在那些灾难中丧生。他们又持续进行了上百年的改造，仍旧无法得到能安心居住的城市。严格来说，地热能内循环城市至今还在实验阶段，所有人都居住在一个极不稳定的热炉里。

最重要的是，之前的种种技术能源转化效率普遍不高，虽然地热能储量对地球人而言非常多，可他们的子子孙孙或许都需要借此生存，能提高转化效率是优先选择。

经过论证实验，巨型磁约束热电转化综合系统最终被选定，此后无数科研人员朝这些方向努力。这个系统的原理并不复杂：利用磁约束装置将岩浆内的各种元素分流，轻元素用以核聚变发电，重元素用以核裂变发电，产生的热废料还可以利用传统技术进行热电转换。

这个系统构建成功时，地热能的价值已不完全在于其储存的热量，还有热岩中丰富的元素。

实际应用中，主要有四个困难：一是在高温下分流元素，二是巨型裂变装置的制造，三是稳定产生核反应，四是废料处理。第一、二、四三个难题已经解决，赵芽带着太阳城的知识回来后，把巨型装置改进了一些。

现在最大的困难在于控制核反应。核裂变反应容易控制，核聚变比较难，尤其是巨型装置、多元素的核聚变。凶猛的元素在超高温度下如同野兽奔腾，随时可能炸毁装置——实际上，在计算机模拟和模型实验中已炸毁过多次。

"准备模型实验。"赵芽下达指令。

"不先用计算机模拟吗？"

往常做新实验之前，都要经过计算机模拟，没有过直接模型实验的情况。

"我要验证一个猜想，计算机模拟不出来。"赵芽说，"计算机模拟是根据已有数据构建的虚拟模型，可是已有数据支撑不了我的探索。"

要探索……探索一个猜想，大家都愣住了，从太阳城回来的人这么大胆吗？

"还愣着干吗？快！"赵芽的语气不容置疑，和之前沉默温和的模样判若两人，"出事我负责。"

模型实验是缩小比例的实体实验，虽然无法完全模拟巨型结构，可如果模型实验都过不了，没人敢尝试建设实体，也没这么多资源。试验场在离地下城几百千米外，可以远程操控，但这次赵芽需要亲自前往。大家似乎意识到这次实验会不一样，可是此前赵芽一句没提，连团队负责人都毫不知情。攻坚这个难题的技术团队有上百个，但都没传出过要突破的迹象。

赵芽在士兵们的护送下离开地火9号，来到地面，被眼前的景象震撼。地球上曾经最伟大的城市已成废墟，多数大楼倒塌，互相搀扶，成为复杂的几何迷宫，没倒下的那些孤零零地刺进云层。灰色云层滚动，世界一片灰暗，冰冷的风嚎叫着游走在这满目疮痍的大地之上。

赵芽再一次感受到了自己肩上的重担。她明白这是人工造云，深知对气候造成的危害。这场战争过后，即便太阳还未熄灭，地面或许也已成地狱。如果她没办法给出理论上可行、模拟上稳定的地热能内循环城市模型，地球人将无路可走、无家可归。

赵芽来到试验场，下令立即开始模拟实验。

大家一头雾水，甚至有人怀疑这个年轻的女领导因为多次受挫，精神不正常了。

核聚变需要在超高温、超高密度以及封闭的条件下进行，会产生非常复杂的物理现象。在已经拥有的技术中，启动聚变反应不困难，困难在于稳定高温等离子体。稳定主要通过控制温度、密度两种方式达到，可干扰的同时会失去封闭条件，崩溃往往在这时发生。

模拟启动，原料送达，聚变场完成封闭，开始升温、生压。实际上的试验场离这里还有几千米，他们只能通过光学望远镜观看——研究人员们不习惯被计算机处理过的景象，认为和现实有差异，实际上差异并不大。

试验场的蓝光幽幽亮起，核聚变开始了。

"关闭计算机辅助程序。"赵芽下达指令。

计算机辅助程序可以自动控制试验场的各类参数，及时进行干预，防止温度和压力跳出设定值。第一次有人要关闭计算机辅助程序。操控员满脸疑惑，可还是给关了。他们似乎已经看到了这个试验场炸裂的场景。他们并非不支持验证大胆的猜想，而是因为失败给他们带来太多的伤害，每次失败都要耗费大量人力物力重建试验场。战争时期，这种重建变得尤为困难。

可是等了好几分钟，核聚变反应仍在持续。持续几分钟的核聚变不是没有发生过。可这个系统追求的不是单纯的氢元素聚变，而是将所有原子序列数低于铁的元素都考虑到其中，这使得聚变场的情况更加复杂。

他们盯着那团幽幽的蓝光，又过了十多分钟，才有人偏头看了一眼赵芽——那人把眼睛闭上好一会儿，稍微适应没有蓝光的空间后，发现赵芽正在手动控制各项参数。

"手动……手动控制？"

他不可置信地叫出来……惹得大家都看过来，也都傻眼了。

他们宁愿相信古代神话故事中的咒语存在，也不太容易接受她能够手动控制核聚变。

她的手动控制已经结束，正在往电脑里新输入参数，开启计算机辅助程序。

核聚变持续到六十四分钟时，模拟场炸开了。沉默的众人也都炸开了……这是历史上最好的数据。他们跳起来，呼喊着，尖叫着，把赵芽簇拥在中间，拥抱她，拥抱彼此。赵芽绷紧的表情舒展开来，终于露出了笑容。

她感觉支撑身体的东西忽然融化成泡沫，绵软地透进血肉，忽然天旋地转起来，才发现身体不受控制地栽倒了。

她睁开了眼。在主观上，自己是刚倒下就爬了起来。而现实中，自己已置身另一处地方。她抬头张望，眼前折叠的景物逐渐清晰，才看清是医院病房。他坐在床边的凳子上。

"医生说你疲劳过度，应该好好休息。"郑远说，"他们利用你给出的参数复刻实验，得到的数据都挺好。你完成了很大的突破。"

消息传遍地下城，大家都很开心，这是战争后得到最振奋人心的消息。

她也很开心，可是表现不出来，应该有另一种东西占据了她的内心。她不知是疲倦，还是伤心，也可能都是，或者都不是……又是那种莫名其妙的情绪，像从不知何处蠕动出的爬虫，爬满血液、骨头，感染每一个细胞，又溢出身体之外，包裹住皮肤，不适感浸透身体的每一寸，却又不是特别要命的难受，又无法言说，语言好像失去了形容能力。

她忽然跟他说，想要抱一下。

这是个毫无道理可言的要求，可他脸上没出现任何诧异，为她张开了宽厚的臂膀。她把身体埋进他的胸膛，忽然想起一种遥远的感觉——之前她总在寻找一种感觉，可不知道是什么，也忘记源自哪里。现在她想起来了，是小时候躺在父亲怀中的感觉。这种安全感让她迷恋。

她又一次不受控制地痛哭起来。不过，这一次，她不再需要躲进无人窥见的角落，可以敞开了哭。哭泣似乎是最能治愈身体的良药，那些难以捉摸的东西正在被排出身体，消散在周边的空气里，比任何促进新生代谢的纳米医生都要快速。她感觉寒冷的内心有一朵火苗升起，幽暗的角落重现光明，失去活力的躯体感受到了久违的春天的沐浴，万物再一次生长。

十 三

春天啊，你何时到来／小草啊，你何时发芽／我们多么期待森林与草地／期待万物在生长……

这首在地球家喻户晓的童谣，被许多不属于儿童的人传唱。

直至今日，春天仍是遥远的美梦，这片硝烟弥漫的土地布满伤痕。

战争进入艰难的僵持状态。这么消耗下去，地球的兵力迟早会耗尽。李守阳的猜测没有错，静默军只是类似于信仰的称呼，实际上没有多少整编制队伍，大多都用来维护地下城的秩序。地球的主要抵抗力量是被王真我将维和军改番号而成的守卫军，以及先前在各地暗中发展的民间力量。可他们面临的是来自外太空的流亡城市，那些专门以掠夺为生的人。现在连戴雷德本身的实力都没摸清楚，又有大量其他流亡城市势力参与进来。

伽马射线炮会残留大量辐射，是杀敌一千自损八百的武器，主要作为威慑而存在，不到万不得已不会再打开。威慑确实有所成效，他们不再敢派流亡城市靠近地球，即便是母船也只敢掠过。戴雷德冷静下来后，不敢太过张扬，大多时候命令战舰从背阳面进入地球，尽量不引起太阳舰队的关注。

从太空上看，地球多半地区已经被云层覆盖。李守阳一边制造云层，一边向太阳母神报道地球遇上的极端天气，申请物资救助。他这个最初的主导者已彻底陷入进退两难的尴尬境地。

流亡军的战舰潜伏在云层中，既是猎人也是猎物，要提防随时出现的守卫军战舰或地面上架起的激光炮，也时刻在寻找可以进攻的目标。

战斗时常发生，有时毫无征兆，有时蓄谋已久。战舰与战舰在天空周旋，陆地上穿戴合金铠甲的步兵与步兵撕咬，机器人和无人机也加入混战，各式各类的高科技武器持续投入战场，金属子弹、粒子流、高能声波震荡空气，撕裂空间。

每当战斗发生，天上便会电闪雷鸣，闪电撕裂长空，如神画下的藤蔓鞭挞大地，不时会击落战舰，造成大量伤亡。

流亡军本来在天上占据优势，可总是出现的闪电让这种优势难以发挥。

戴雷德为此联系过李守阳，后者的答复是闪电的遮蔽效果更好。戴雷德说这些闪电远比自然界生成的闪电功率大得多，完全可以当武器使用，希望他可以把频率降低。李守阳自然不同意，但又表现出很为难的模样，仿佛很想同意又不得不同意，惹得戴雷德暴跳如雷，破口大骂他是个虚伪的老妖精。李守阳瘫在沙发上，听着他骂，脸上堆满笑，直到他气得把全息互联装置砸碎。

此后再发生战斗，天上的闪电功率更大、频率更高，仿佛是李守阳的嘲笑。

王真我猜不出李守阳的意图。他不相信那个人会良心发现，或许是为了另一个计谋做准备，只是暂时没露出马脚，或者李守阳可能无法再忍受戴雷德的残暴，或许无法容忍其不听话，这样做只是报复。可他为何不报复背叛他的王真我呢？这种说法有点儿戏，他那种人不应该这么情绪化。可又不是完全没可能，人类发展到现在，情绪化仍然是人身上常见的劣性。

不论如何，王真我都不能掉以轻心。从他将父亲"杀掉的"那一刻起，他就决定将人生奉献给这个事业。为了战胜恶魔，他只能将自己也改造成恶魔，过去如此，如今亦然。他成了一台只想着杀人的机器，日日夜夜绞尽脑汁，设计出一个个残忍、恶毒的陷阱，诱敌深入再全歼之。

在天外的黑暗太空中，有个真正的恶魔，也在诱惑更多流亡城市进攻。戴雷德不在意那些流亡城市损失如何，他把地球的地热能描述得无穷无尽，许诺会给他们满意的份额，等他们被卷进来，投入的兵力消耗得差不多的时候再许诺给更多，如果不继续投入，则会拒绝承认之前的承诺，甚至趁机吞并对方。这些"合作"都在秘密进行，即便他的所作所为泄露出去，也不会有人相信——温暖留下的情报组织拥有强大的舆论能力，会替他将黑的说成白的：任何污蔑他的话，都是出于嫉妒，或者想独自占有和他的合作资格。

戴雷德本可以慢慢消磨地球守卫军，可他却不想等那么久，温暖的离去让他丧失了战争时该有的耐心。不过，过去他能在战争中运筹帷幄，也都是因为温暖在身边。她是他的镇静剂，她是他的安眠药，她是他的智慧锦囊，没有她，他的生活杂乱，情绪混乱。他把复仇当作最大的渴望，做不好这件事的话，他彻夜难眠，做好的话，他甘愿付出任何代价，越快越好，等不了一分一秒。

他聚集太阳城的技术人员，恐吓他们快点儿完成改造。这些人由李守阳暗中派来，协助他进行战争。起初，他对他们毕恭毕敬，唯恐伺候不好。可太阳人似乎从骨子里不把边缘世界的人当人，不论他怎么用心，都得不到他们的满足。跟李守阳闹掰后，他立即冲到这些太阳人的居住区，二话不说，逮到谁都是一阵拳打脚踢，谁敢反抗、控诉，就重点"照顾"谁，直到没有一个敢出声。他气喘吁吁地离开后，有三个人没了呼吸，八个重伤，其他二十多个不同程度轻伤。

"你们还有三十天时间完成改造。"

"这么短的时间……"

他身上的铠甲延伸出一条尖刺，穿过对方的眉头。对方轰然倒地。

"还有二十五天。"

"你这样残暴，我们还怎么愿意为你……"

"还有二十天。"他话音刚落，衣服上射出密密麻麻的圆珠。

那人的身子变软，一节节塌下，血冒出来后，大家才看出他的骨头已全部碎裂。圆珠化为液体态，爬回戴雷德身上。

他改成了疑问句："二十天可以吗？"

所有人保持沉默。

沉默掩盖不了恐惧，他盯着其中一人，问道："你觉得可以吗？"

那人脑海空白了几秒，才慌慌张张说："可……可以，我觉得完全可以！"

戴雷德这样轮流指定几人问，那几人都回答可以。最后，他扫了一眼，再大声问："可不可以？"没有指定对象。所有人都回答可以。他满意地离开了，不说没完成的话会有什么惩罚措施，只是踢了一脚地上还在流血的尸体。

戴雷德做这些事的时候，林小响全程观看。

林小响回到宿舍，呼吸声都重了很多。

"不是人！"林小响评价道，"我想过我亲爹有千百种样子：没啥成就的人，有权有势的人，规规矩矩的人，平凡的人，暴躁的人，温和的人……我料想过很多种可能，却没想到，他简直连个人都不是！"

岑木木听完了他的述说，却没有作出评价。他不适合对这事作出评价。父亲再糟糕，也不能在他儿子面前评价他的不好，即便他的儿子希望有这种评价。

林小响只是想倾诉。他只敢跟岑木木说这些，那些亲兄弟姐妹再好，也不能和他们透露半点真实想法。他吐槽完，拉岑木木去喝酒。他经常跟岑木木喝酒，告诉他战争的胜败，告诉他处决了多少来自地球的人，还有其他可以谈的事情。

地球派了很多人，想破坏那个正在改造的恐怖武器，都没成功，这是人尽皆知的事。岑木木通过林小响才知道，戴雷德早料到会这样，专门设计了一个陷阱，让来自地球的间谍不断往里跳。

攻打深城时，林小响救了戴雷德，回来后被奖励了一套皮米铠甲。据说戴雷德只有三套皮米铠甲，他自己一套，温暖身上一套——已被伽马射线炮轰成了光子散往宇宙各处，另一套打算留给他们的儿子。现在这套给林小响，足以看出对他的疼爱。因此将他直接提拔为少将时，大家一点儿也不惊讶。

被提拔为少将的林小响得到一支由俘虏组成的懒散军队，戴雷德希望他能将其训练成一支有战斗力的军队。要是以前，他或许会用听话器恐吓、威慑他们，以达成目的。现在，他已不再积极投入，只做些表面功夫。

黑石军的军队编制比较混乱，戴雷德自封大将，总揽一切，权力至高无上。军队分为两派，和戴雷德没有血缘关系的军官晋升执行非常严格的标准，有专门的监管审核部门。有血缘关系的，晋升没有严格标准，有的像林小响这种立了功就可以直接成为将军的，但只是个名头，手下没多少人，也容易被撤下，战争进行到现在，戴雷德已经撤了十几个亲属校官和尉官，以及一个将军。在同等军衔下，非亲属军官拥有编制更完整、纪律更严格、战斗力更强大的队伍，在战争中充当主力，军衔也比较难被撤下，毕竟他们拥有真正的军事才能。

军队编制混乱，戴雷德指挥也混乱。他总是聚集军官们开会，打得好就给奖励，升军衔，打不好就劈头盖脸骂一顿，甚至会当场枪毙军官。他已然忘记过去战争中累积的经验，被情绪主导，做出很多错误的决策，又不允许别人指出问题。

他一意孤行，部下们不敢反对，状况越来越糟糕。

"他故意的，是为了营造假象，让地球人松懈，等机会来了再完成致命一击。"林小响毫不忌讳地告诉岑木木，"那天他用残暴的方式威胁太阳人后，第二天又告诉他们，如果告诉他改造方案，他就放他们回太阳城。他们当天就把方案给他了。"

"那几个太阳人估计觉得他们的命比所有地球人都重要吧。"

"当然。不过，戴雷德没放他们回去。"

岑木木觉得好笑，可笑不出来，这意味着改造开始了。

"改造后，武器主体结构有变化吗？"

"你还费什么劲研究，难道你觉得还有机会？"

"单纯出于好奇，我觉得武器是物理学皇冠上的明珠。"

"我不懂，也不想懂。"林小响说，"不过，他给了我图纸，标出了几个地方，让我去监管，搞得我每天都要溜达，烦死。"

"你不会想让我替你去吧？"岑木木故作嫌弃状。

"正有此意，完成了这个任务，我给你个副将当当。"

"虽然是个光杆司令，但很有诱惑力……成交！"

此后，岑木木每天巡视林小响负责的重点区域，亲眼见证改造过程。

在黑石军进攻深城时，没有听话器的岑木木有机会逃跑，却要留下来，其实是为了酝酿一次破坏行动。随着局势不断变化，他的计划也在不断调整，现在戴雷德要将超重炮改成强核炮，他深知动能武器与核能武器的差别，况且超重炮在之前的战争中展现的威力也不小。

他的内心无时无刻不想着炸了这个庞然大物——它是掠夺生命的器物，是戴雷德那个恶魔的化身。他从未喜欢过物理学，从未喜欢过武器。他现在做的一切都是为了接近这个东西，了解这个东西，再找到摧毁它的办法。

这个计划的根本在于林小响的信任。岑木木离开地球后经历的坎坷与林小响分不开，两人已经是难兄难弟。第一次见面时，他救了林小响，可这份恩情已经被林小响多次报答，从给他分享铀矿到替他摘除听话器，再到毫无底线给他这个连军人都算不上的家伙晋升，何况他还是个地球人。理论上，两人已互不相欠，他却还要用他的信任达成目的，如果计划成功，自己还会害了他。

岑木木也是个重情义的人，为此内心纠结、矛盾，时常想到地球上受尽战争折磨的人们，想到见过的惨烈景象。他彻夜辗转难眠。当林小响表现出对戴雷德的事业不感兴趣时，他的内心才找到些宽慰，起码这样下去，两人不会成为敌人。可他再想想，即便两人成为敌人，似乎也不得不去做这件事——个人的情感在千万人的存亡面前不值一提。

他们目前身处黑石军最大的母船上，这艘起名为温暖号的巨大人造物从未进入过战场，却装载有八门超重炮，比传统意义上的太空母船的体积大了近十倍，俨然一座太空城堡。先前戴雷德将这艘母船留为后手，打算用作与李守阳和王真我博弈的工具，或者今后继续征伐的仰仗。如今他已失去等待的耐心，想着超重炮成功改造成强核炮后，便要发起战争爆发以来最大的一场会战。

戴雷德停止了两个月的入侵，重整军纪，再组织全部力量，从背阳面入侵地球。只有少数人知道温暖号上存在恐怖武器。戴雷德早已将温暖号严格管控，出入的人员、信息都受到管制。

舰队缓缓靠近地球，飞船、战舰、战机如离巢的蜂群散开，扎进地球的大气层，消失在云层中。

不一会儿，云层中闪电滚滚，撕破黑夜。

只有戴雷德知道战场的真实情况，其他人只能从闪电的密集程度猜测这场战斗比过去任何一次都要激烈。

流亡军和地球守卫军在遍布天空的闪电巨网中厮杀。死神不属于他们任何一方，而是这代表太阳城科技的电网。他们至今不明白李守阳是如何建造这种恐怖的武器的，没有进行过大建设，也没有显眼的设施，几乎凭空出现。如此看来，李守阳没有完全出局，即便某一方赢得胜利，他依旧能靠这一手段坐上谈判桌。

温暖号安静地潜伏在部队最后，会战开始后，便沿着地球轨道环绕到另一面，不断释放星舰和战斗器，佯装从地球各个方向发起进攻。实际上是为了移动到深城上方，对深城的地底倾斜火力——过去战斗中，戴雷德派了不少间谍侵入地球，早已得到确切情报，地火9号就在深城底下。

戴雷德在中途乘坐星舰离开温暖号母船，伽马射线炮的威慑还在，他不敢冒险。他让星舰跟随温暖号，打算远程指挥这次袭击。温暖号顺利到达深城上方，戴雷德毫不犹豫地下达了攻击指令。

地面没有恐怖的伽马射线炮打来，地球知道危险来临，也派出军队应战，可对温暖号构不成威胁。

这一炮下去后，地火9号将在世间消失，地球守卫军将会失去信仰。战争或许还会继续，可失去信仰的他们注定分崩离析，节节败退，到最后任由宰割。然而，命令下达许久，炮弹都没有打出来。

戴雷德对着通信设备大吼大叫，但没有任何回应。

温暖号掠过最佳位置，危机解除。

岑木木松了一口气。他还不能松懈，战斗刚刚开始。他潜伏了那么久，他的仇恨压抑了那么久，终于能尽情释放出来了。戴雷德已派母船上的兵力奔赴战场，母船防御薄弱，最容易从内部攻破，现在不行动就没有机会了。

其实，戴雷德前脚刚走，岑木木就已经开始行动了……

他的第一个目标是林小响。林小响不愿意在母舰上指挥，他知道温暖号来到这里不只是在实验强核炮，也是在检验地球上还有没有伽马射线炮。如果地球使用伽马射线炮，他们必然优先成为打击目标。

"说实话，我不希望我们被炸，也不想炸地球。"林小响说，"战争不是屠杀……这场战争已经完全失去了意义。"

"以前的掠夺战争也没有意义。"

"我知道，可是我能有什么办法？"

"我有。"

"什么办法？"

林小响还没得到答案，就被电流贯穿身体，哇哇大叫起来。

岑木木看着被电晕的他，嘀咕道："兄弟，对不起了，我没有选择。"

岑木木使用林小响的虹膜验证系统获得权限，把自己的权限升级，得到了指挥母船 AI 的资格。他再以林小响的名义，把还留在母船上的高官召唤进指挥室，每一个进来的人都被电晕或者锁进某个空间。他执行任务时，已了解透彻这艘母舰，也在脑海中演练了无数次如何一个人通过 AI 巧妙操控。

岑木木以遭受间谍进攻为由，发布警戒命令，指挥手下的士兵——或者说林小响手下的士兵占据主要位置，控制住母船的其他部队。其他部队没有收到指挥官的命令，都不敢有所行动，听话器已经把他们训练成只会听令的机器。

接着，岑木木同时发出几道指令：指挥后勤把高爆炸弹放在指定位置，以搜捕间谍为由把技术人员全部抓捕待命。这些命令容易引起怀疑，但有听话器在，没有人敢把怀疑说出来，只能执行命令。

戴雷德靠着听话器得到的权力，也会因听话器被瓦解。

与此同时，岑木木也接管了通信设备，把虚假信息反馈给戴雷德：一切无误，非常顺利，随时可以开炮。

母船到达指定地点，戴雷德下达了开炮指令。岑木木反馈已经开炮。

过了一会儿，戴雷德吼道："怎么没有动静？"

"大将军，准备炸了。"岑木木答复。

"什么炸了？你当我眼瞎吗？"全息投影中的戴雷德面容扭曲，"你们已经偏离轨道，出了什么问题？"

"已经炸了。"

戴雷德疯狂吼叫了好一会儿，才发现全息投影中的通信官只是一个 AI 模型。他这才意识到母船出事了。他立即进入验证程序，获得温暖号的控制权限。他身为最高将领，AI 自然优先听令于他，按照他的要求调出监控。

确实炸了……不过炸的是飞船内部，是强核炮的炮身。

他让 AI 调取记录，看到了岑木木做的事。

"把他杀了！"戴雷德下令。

"指令已经传达。"AI 回应。

可是通过监控，他看到岑木木旁边的士兵没有动作，似乎在听岑木木讲话。

"他们的听话器已被关闭，我无法获得连接。"AI 说出了原因，"警告，叛变已开始，请及时作出指示。"

戴雷德双拳砸在指挥台上，他又慢了一步！

就在刚刚，岑木木威胁技术人员关闭了听话器，并且炸毁了管理听话器的计算机——刚才放置的高爆炸弹也覆盖这里。他又在剩余的计算机上永久卸载了相关程序，想让飞船的软件系统陷入瘫痪……戴雷德虽然重新获得了权限，也下令阻止了程序卸载，但失去部分身体的 AI 也随之失去了部分功能。

岑木木设想过很多可能性，包括这种情况，他为大家解下听话器，然后鼓舞大家反攻。在反攻之前，他应该先进行一段慷慨激昂的演说。可此时站在黑压压的人群面前，他紧张得忘了词。

他想过各种突发状况，没想到会卡在这个地方。

他看着眼前这些刚刚得到自由的人，眼中还压抑着被奴役的恐惧、麻木，以及若隐若现的愤怒。死亡仍在威胁他们，压迫者还存在于世，他们没有真正脱离苦海。想到这里，岑木木忽然坚定起来，吼道："兄弟姐妹们，同胞们，我们已无法忍受压迫，我们要把囚禁我们的牢笼打破，把奴役我们的人烧死！"

他还想再说几句，可是呼喊声湮没了他的声音。他们不一定知道谁解救了自己，也不知道那句话由谁说出，但他们的精神从中感受到了指引。他们把这句话口口传播，传给挤不进来的人，传给母舰上的所有人。

他们如水流涌向四周。他们寻找敌人——所有没有戴听话器的都是敌人。他们把戴雷德安插在各个岗位的儿女撕碎，再手刃给他们做手术的医护人员，尽管很多医护人员也是被听话器要挟的。他们殴打技术人员，那些改造强核炮的太阳人也被活活打死。没有戴听话器的军人只能抵挡一下，旋即被暴怒的人群淹没。他们还在寻找目标。

岑木木傻了眼。他自然而然地把自己当成领导者，可现在没有人愿意听他的。他往铀元素里丢进了一颗高能中子，链式反应随之发生，无法停止——强核炮没有成功爆炸，但他成功引爆了另一种核弹！

这群疯狂的人丝毫不弱于链式反应中四处乱撞的中子，爆发的怒火可以燃烧一切，要么加入他们，要么被燃烧殆尽！

岑木木想到了林小响，要是被这群人发现，他也难以逃脱。他立即跑回指挥室，只见一片狼藉景象，被他诱骗过来电晕的高官们刚醒来，就被拥进来的反叛者们撕裂，或者活活打死，各种惨状。反叛队伍清理了这里，又拥往其他地方寻找目标。好在他留了个心眼，把林小响藏在了隐蔽的角落。他跑去角落，人已不见踪迹。

岑木木叫了几声林小响的名字，回应他的是冷冷的笑声。

"原来是你……没想到响儿身边竟然潜伏着一个间谍，这场战争真是太多没想到的事了。"

戴雷德从侧边通道大步走进来，身后追逐他而来的几个反叛者发出惨叫声，然后齐齐摔倒，流出的血液染红了光亮的浅色地板。

他们身上有几块液体态的东西爬回戴雷德身上，成为铠甲的一部分。

岑木木知道那是皮米科技铠甲，当今最先进的战争武器之一。

皮米科技是在皮米的尺度单位上进行基础建设的技术。原子的直径有数十到数百皮米不等，这意味着皮米科技品要在原子甚至比原子还小的层面组建基本元件。经过科学家们千百年的努力探索，压缩原子技术逐渐成熟，皮米技术才得以应用。戴雷德穿的皮米科技铠甲便是由数以亿计的皮米机器组成，体积小，强度大，可以接收脑波并作出特定反应。

这件铠甲的恐怖之处在于，不是铠甲上有接收器，而是每粒皮米机器都可以接收信息。每个基本单位都可以独立运行，也可聚成团，协作完成指令。也就是说，要破坏衣服，就得破坏每一个基本单位。

随着戴雷德要把岑木木"粉身碎骨"的想法出现并确认，脑电波发送给了每个皮米机器，它们立即分析出达到目的的办法，并且立即执行——上万枚由皮米机器组成的压缩原子切片射向目标。

岑木木立着不动，竟然打算正面应对。压缩原子比常规原子的硬度要大得多，即便是纳米铠甲，也难以抵挡锋利的皮米切片。

忽然，岑木木身上的铠甲如水化开，迅速在身前爬起一张半透明薄膜。切片打在薄膜上，发出刺耳的声响，泛出一些光亮，全都被弹了回去，落在地上后化为液态体爬回戴雷德身上。岑木木身前的薄膜也变淡了一些。

戴雷德皱眉，问道："你把响儿怎么了？"

他看出来了，岑木木身上穿戴的也是皮米铠甲。

"别担心……他现在……其实和你想的一样。"

戴雷德想到林小响被他杀死了。听到对方挑衅的语气，刚遏制住的怒火又喷发出来。他随手抓起身边的操控台，依靠皮米机器提供的力道，硬生生将焊在地面的桌子撕下，连带着上面的机械朝岑木木砸去，掀起一片电光。

岑木木躲避开了操控桌，却没躲避开扑上来的戴雷德，被对方掐住脖子，一拳轰在胸腔上。戴雷德想把他的手臂扯下来，僵持一会儿无果后，一脚将他蹬到墙上。如果不是皮米机器化成铠甲覆盖在他身上，估计已经肢体分离了。

岑木木心知不能退缩，滚动几下后跳起来，佯装逃跑，戴雷德追上来时再突然转身发难，将其扑倒在地，挥起拳头就向他的面门砸去。打了几下，他整个人被戴雷德举起来甩了出去。两人都不熟练什么格斗技巧，而是凭借本能，如野兽般厮打在一起。

皮米机器可以通过野蛮撞击致使对方的机体受损，使对方失去行动能力或者接收处理信息的能力，意味着在同等工艺下，铠甲的基本单元数量越多越占优势。

岑木木明白后，只能寻路而逃，毕竟他的皮米铠甲的基本单元数量只有对方的一半。虽然戴雷德在过去的战斗中铠甲上的皮米机器会损坏一部分，可也远远不是他这件所能及的——这半件皮米铠甲是林小响喝醉酒后给他的。

林小响说了句古话："君子一言，驷马难追。"不愿意收回去。

母船的监控系统还可以使用，戴雷德借此追踪岑木木，不论他跑到哪里都死死咬住。岑木木不时停下，设下埋伏或突然发难，和他发生激战，有时是肢体上的硬碰硬，随时抄起趁手的物件作为武器。其间，他们进入被反叛队伍扫荡过的武器库，捡到遗落的动能枪、激光枪、电磁枪，拿起便朝对方倾泄弹药，又因空间狭小无法发挥而丢弃，最后又进行肉搏。

岑木木始终落于下风，最后被 AI 引进了陷阱，不得不正面迎战戴雷德。

勇气给予精神上的无畏，但对肉体的帮助不大。几个回合下来，戴雷德把他单手擒住，另一只手握拳，朝着他的门面猛砸。戴雷德身上的皮米机器聚集在拳头，给予拳头力量，岑木木身上的皮米机器只能被动检测对方落拳的位置，迅速涌过来构建防御。

戴雷德发觉后，拐着弯落拳，力道小了些，造成的有效伤害却更大。

十多拳落下，岑木木已头晕目眩，自觉死期将至。他说不上恐惧，自己决定执行这个计划时，便打算好献出生命。从某种程度上说，这漏洞百出的计划能走到这一步，自己赚大了，作为一个地球人，死得其所，死得有价值，死得有尊严……他就是觉得有点对不住林小响，还有就是非常对不起母亲。

他无时无刻不在思念生活在地球上的母亲。可他只把感情止于思念，不去想其他。现在面临死亡，他终于承认了自己的鲁莽。如果不是自作主张地出来混，他还能在战争来临时陪在母亲身边。拯救世界是个空大的正义，虽然他致力于去为地球献出一份力量，可在内心深处，他可以为了保护母亲而躲避战争。

"将军，请停下！"

戴雷德闻声停下，回头看见了泛红的枪口。他于是把岑木木像小鸡一样丢开了。

那是把高聚焦短波 CV5 型激光手枪，激光枪工业巅峰期的产品，可以对戴雷德造成伤害。戴雷德倒不是因为害怕受伤而丢掉岑木木，而是惊讶于持枪的人——他的亲生儿子，或者说他很多亲生儿子中他最器重的那个。

"有意思，又是一件我没有料到的事。"戴雷德说，"我送给你的铠甲在挡着我，我送给你的枪在瞄准我。"

"这两样东西在替你救赎。"林小响说，"很多由你送出或者因你而穿上的铠甲在保护罪恶，很多由你送出或者因你而响起的枪炮在屠杀手无寸铁的平民百姓。"

"什么时候开始想要背叛我的？"

"我从未想过背叛你。"林小响说，"只是他救过我的命，你要放了他。"

"他害死了很多人，那些人是你的同胞，你的兄弟姐妹。"戴雷德说，"最重要的是，他背叛了我，也就是背叛了你的亲生父亲。"

"是的，我的亲生父亲，你说得很对。"林小响晃了晃手中的枪，"可现在对错只构成参考，决策权在我。"

"我还差一步，就可以占领地球了，我将会得到无穷无尽的地热能。"戴雷德想办法劝说，"而我的儿子，你才是最终受益者。"

"用生命榨取的能源，我用着心不安。"

"在太阳城成为流亡城市的过程中，也有很多生命逝去。"

"你说得很对，但现在我们不讨论对错，只讨论立场。"

"你是我的儿子，你是流亡城市的后裔，你要为流亡城市着想，这才是正确的立场。"

"首先，我是核能城市的人，核能城市信奉和平，用双手和智慧创造财富，但总是被你们掠夺，你们是我的仇人才对。"林小响说，"其次，我是个孤儿，不过我曾经有过一个亲人。我唯一的亲人。那个亲人告诉过我，人的欲望是无穷尽的深渊，敢于坚定选择正义很困难。"

"哈哈，正义……这个词本身就很可笑。"

"你又说对了，很好笑，但我愿意选择它。"

这场对话的意思很明显：他和戴雷德有血缘关系，并且仅限于血缘关系。

林小响看了一眼岑木木，示意他快走。

岑木木已乘机将身上的皮米机器化成一把尖刺，突然暴起，挥起尖刺往戴雷德的心脏刺去。盾和矛的材质相同时，只要力道够大，矛够尖，或者盾够薄，就有可能刺穿。

戴雷德猝不及防，已经来不及构建防御了。这一次轮到他看到了死亡的降临。

"啪"的一声响，岑木木手上的尖刺碎裂了。

戴雷德和岑木木都愣住了，一时分不清林小响属于哪边。

岑木木问："主角的心理都那么矛盾吗？"

"你快走。"林小响说，"你已经完成配角的使命了，好好活卜去。"

戴雷德听不懂这两人说啥，他的容忍已经到达极限，即便危险也要有所行动。他正要发难，林小响再次扣动扳机，几道红色光束射来。戴雷德连忙闪躲，才发现光束并没有对准自己。他再爬起来，岑木木已经跑掉，林小响的背影闪进了一条通道。他想通过监控寻找岑木木的踪迹，AI 回复说，主机受到破坏，部分监控设备离线。他调出还能看的监控，发现没人可杀的暴怒的反叛者们正在打砸母船。

突然，这些反叛队伍像是收到了什么信息，全都往一个方向赶去。

"他们要去哪里？"

"正在分析……路径确定，将军，他们的目标是您。"

戴雷德已经看到了转角处拥来的人群。这些被戴过听话器的人看到战争的罪魁祸首，几乎失去了理智，恨不得把他生吞活剥。

"是谁告诉他们我在这里的？"

"目前还不明确。"AI 回答道，"可以排除不是刚才那两人，他们几乎同时收到指令。"

"不用分析了，是广播。"戴雷德刚才打斗得太过专注，现在才听清楚播报，"你的广播系统被黑了。"

"我无法判断是否被黑。"

"对方很厉害。"戴雷德皱眉，"不可能是地球守卫军。"

他要去应战了……或者说他要去屠杀了。

这些卑微的蝼蚁，在这个时候出现，给了疯狂的戴雷德一个发泄怒火的机会。他的皮米铠甲只留下薄薄一层，其他部分化作液态，从地面流向人群。

他们不约而同地停下脚步，他们甚至还不明白为什么停下脚步……接着，无形的恐惧化成有形的质量攀附上他们的身体。从脚下开始，他们的身体如干沙消散在风中。他们没有感觉，神经细胞随着神经产生的那一刻便被分解了。他们甚至来不及看到被分解成什么……即便看到，他们也无法理解自己的血肉变成了什么……其实，算不上恐怖，因为血不再是血，蛋白不再是蛋白，脂肪不再是脂肪，碳水化合物不再是碳水化合物，而是被分解成分子、原子。

在过去的人生中，戴雷德以为金钱无所不能，遇上温暖后，他明白了权力的重要性，便不择手段去获得。可是，他最喜欢的其实是现在这种感觉，权力失去威慑时，力量开始登场。在绝对的力量之下，所有的一切都可以成为附庸。他可以压迫，可以宽恕，也可以把一切摧毁殆尽！皮米机器接收到他的疯狂，成为疯狂的一部分，用尽办法收割人命，分散开来分解人的身体，汇聚成团，穿透人的器官，如网刀切碎人的躯体……戴雷德发出癫狂的大笑……此时此刻，他就是权力的象征，他就是死神的化身！

十多分钟后，指挥室的门猛地被推开了，戴雷德狼狈地蹿进来，摔了个狗吃屎。也幸亏摔倒了，后背没被身后射来的十多道激光打中。

他吼道："快关上门！"

AI控制的电子门关上之前，已经有上百道激光进来，把门后的装置打了个稀烂。门迅速变红……短短十多秒，激光已经把这合金钢板升至超高温，如此下去离被熔化不远了。

浓烟扩散，电光闪烁，戴雷德爬到主控位，连忙手动扳下机械闸，几扇更沉重的合金门轰然关上，把指挥室隔绝。使用智能程序控制的开关都避免不了程序被入侵的风险，机械控制虽然不方便，却非常保险。当然，这也意味着最后的防线开启了。他派出的兵力正在与地球守卫军缠斗，有些正在赶回来。

戴雷德高估了皮米铠甲的力量，或者说皮米铠甲的威力不弱，是他低估了反叛队伍的力量。

面对手无寸铁的人群时，他可以大肆屠杀，可带有武器的队伍出现，即便每人在死之前只打出几枪，也能构建出密集的打击网。他知道单兵能力很弱的士兵们聚集起来不容小觑，这也是军队的力量，可没有统一信仰或集体恐惧的时候，军队很容易溃败，他在过去的战争中总结出了这点——他以为这群刚得到自由的、有退路的乌合之众很容易打退，可他忽略了仇恨的力量。

戴雷德通过监控看到外面挤满了人，愤怒已经越过他能承受的阈值，可又无法释放，渐而转化成憋屈。

他身处指挥室，拥有最高权限，能操控这艘飞船，即便没开过一炮的强核炮被摧毁，也还有很多恐怖的武器。可那些武器只能对准外面，内部的混乱只能从内部解决，所以他目前只能等待支援。他刚才已经试过突破防线，想搭乘救生艇离开，可反抗队伍已经把附近的通道围得水泄不通。他们现在还在朝指挥室的门射击，想继续将其熔化，产生的烟雾灌满通道，警报系统呜呜作响，四处混乱。

这时，AI播报："大将军，有一条全息互联申请。"

"谁？"

戴雷德还没说同意，互联就接通了。

李守阳的全息影像出现在指挥室，有些设备损坏了，导致他的肩膀缺了一块，双腿残缺，不时闪烁。

戴雷德忽然明白了，说："是你黑了母船的系统，用广播给他们提供了我的位置。"

李守阳坐在一张宽大的椅子上，表情似笑非笑。

"你在跟我玩心理战术。"

"我已经出局了，好像是你说的。"

"你应该证明你能击败地球守卫军，而不是我。"

"这不矛盾。"李守阳说，"打狗不能只打一条，要全都打，他们才能听你的话。"

"你是有点儿技术。"戴雷德咬着牙，"别逼我向太阳政府拆穿。"

"这点儿技术已经能让我控制你所有的通信系统。"

戴雷德像吃了一口屎，咽不下去，吐不出来。

李守阳也不着急，等着他说。

过了一会儿，戴雷德才说了句很像气话的话："别让我看到你。"

"真巧，你能看到我。"

李守阳从舷窗看出去，地球管理局空间站正停在不远处。

"你好像很自信。"

"还好，觉得有再次谈判的资本了。"

"说一下你的条件。"

"我只要你遵守承诺，你复仇，我帮你擦屁股。"

"也就是说，我打完就走，地热能全部归你？"

"不然呢？"

"我还要对你感恩戴德。"戴雷德的笑容难看。

"在你已经成为哑巴的前提下，你可能会成为太阳城的敌人。"

戴雷德想了想，才说："我忽然想到一种情况，如果我现在给你一炮，然后扎进地球，太阳城会不会以为是地球对太阳城发起了攻击？"

"这是很冒险的行为。"李守阳的语气非常平静，他相信戴雷德不敢这样。

"你这只老狐狸，我已经不想和你说话了。"

"你和我差不多，你的问题在于太冲动，不然你能成为我的接班人。"

戴雷德不说话了。

过了一会儿，李守阳继续说："我理解你刚才说的，谈判是艺术，除了实际拥有的筹码，还需要一些谎言，甚至是威胁。"

戴雷德还是不说话。

"其实，即便没有强核炮，地球也快撑不住了。"李守阳调整了一下坐姿，"我希望我们能再次坦诚相待，各取所需。"

戴雷德继续沉默，气氛达到了冰点。

李守阳看着对方的眼睛，似乎发觉自己错了。

戴雷德忽然摇摇头，又笑了笑，对着空气输入一串代码，再抬头看李守阳时，已经是看死人的眼神。

"我的冲动确实是问题，温暖也说过。"戴雷德说，"不过，只有她能帮我改正这个问题。她还没帮我完全改正这个问题就死了，所以需要很多人去承担问题存在的代价。"

戴雷德确认指令，温暖号上最大的炮口对准了空间站。

地球管理局空间站在第二次太阳系战争后建成，本质上是统治的产物。此后，地球近空不再允许建设空间站，目的是防止出现威胁。此外，空间站也有对地防御设备，李守阳感觉到威胁后在第一时间下令开启能量护盾，可近距离被一艘太空母船的主炮对准，结局没有多大意外。

李守阳脸上的表情终于绷不住了，像只猴子跳起来，用尖尖的声音叫道："不要！我们还可以谈，我可以分你一半……不要！不要！不要！我可以退出！"

璀璨的高能激光迸发，瞬间击中目标。

李守阳的全息影像定格，表情仍旧惊恐，这意味着戴雷德单方面断开了连接。

戴雷德并非完全出于冲动，他要挑起地球和太阳的纷争，这个计划逻辑上可行。接下来，他会进入云层，在地球上躲一段时间再逃走，在地球上时也可以找机会执行这个计划，比如偷一架地球飞船，或者把自己的飞船改成地球飞船的模样攻打太阳城。他自出生就和大多数流亡城市的人一样，把太阳城视为最大的敌人，只是碍于实力没敢作出动作，现在这个计划能让两个敌人互相攻击，想想就令人兴奋，自己竟然早就想到了。

毫无疑问，会有很多突变，战争总是充满不可预知性，过去的胜利告诉他，果断往往比深谋远虑、畏畏缩缩更能取得更好的效果。

突变立即到来……AI发出警报，声调和色调全都前所未有。

"特级响应。建议弃船，攻击还有 19 秒到达。"

戴雷德急忙问："什么攻击？"

"无法判断。"AI机械地回答道，"来自拉格朗日点。"

戴雷德脑袋轰轰响，是太阳舰队……曾经打得整个太阳系俯首称臣的舰队在他们的主权受到侵犯后果断发起攻击。

没有警告，没有谈判，没有丝毫回旋余地，后悔已来不及。

从飞船显示出的信息来看，威胁来源于璀璨的白光。戴雷德根据以往的经验看出是激光。激光是定向高能武器，需要的力量越大，蓄能时间越久。激光的打击速度是光速，但是打击之前都会有一些低能量弱光泄漏，蓄能时间越久，泄漏时间就越长，这是被打击方的判断依据。

"紧急躲闪！"戴雷德下令，跑到一边扳下手动操控杆，把躲闪动力调到最高。

他操控母船拐了一个弧度，按照以往的经验，光点会出现畸变和模糊，意味着自己的路径偏离了激光的打击线。

可这一次，那个光点依旧清晰，自己还在打击线上。他呈螺旋拐弯，想快点进入地球大气层，可光点没有变化，他隐约看到光点后面有一道模糊的光线……他明白了，那道光线会拐弯……会拐弯的激光，这种技术已经超出了他的认知。

那光点越来越大，几乎成了一轮太阳，还在不断变大，璀璨的光透过舷窗刺得戴雷德双眼难睁。他已经没办法离开母船，只能利用这艘船上的疯狂设计去放手一搏。他输入指令，头顶的闸门打开，机械手送下一枚按钮到他身前，他立即按下。同一时刻，指挥室的大门破开，疯狂的反叛者们拥进来，朝他扑来，皮米机器作出反应，瞬间击杀了十几人，更多活着的人踩着他们的尸体而来，淹没了戴雷德。

岑木木刚抢到救生艇离开母船，便被巨响吸引回头，看到了不可思议的一幕：来自太空的巨大白线正要打中温暖号时，母船的半边轰然炸开，将另外半边船体弹开——他曾听林小响说过这种疯狂的设计：受到不可阻挡的攻击时，炸开飞船的半边身体给另外半边制造动能。

可是，那道白线竟然折了个近九十度的弯，将弹走的那半边船体轰成齑粉，同时还分裂出几道较细的白线，把船体其他较大的残骸击穿。完成任务后，白线消失，只剩下无数废墟坠落。

岑木木怀疑刚才那一幕是幻觉……那种打击技术已不在他能理解的范畴内。

他被能量波弹进大气层，舰艇自动开启能量护盾。那些没有护盾的船体残骸与空气摩擦，冒出火光与浓烟，如千万颗流星坠下。绝美壮观，如梦如幻。可美丽的景象没有持续多久，舰艇扎进云层，乌云、闪电、大雨交织成末世的景象，吟唱末世的悲歌……岑木木低声吼叫，死死抓住遥控杆，用糟糕的技术控制飞船降落。其间不时有激战的飞行器出现，朝双方倾泻火力。

在这些场景中，岑木木深刻感受到，这是一场时代的风暴，没有人可以避免被卷入其中……他已经彻底失去继续战斗的勇气。

十 四

"时代是风暴，人是被裹挟的尘土。"

岑木木或许不记得自己说过这样的话，毕竟那时的他们还不懂真正的风暴来临时，个体到底有多么渺小。

苗喵喵起初记住这句话，纯粹是因为喜欢记住他的话，但还没来得及感受。

她总是记得他说的话。有时候只是记住，有时候会深受影响。比如他说自己喜欢看日落，她记住后，也慢慢喜欢上了看日落。地面上的日落是快速变暗的过程，没有历史资料影像中那种夕阳西下的美感——所以现在喜欢日落是奇怪的审美，但经他描述，感觉就不一样了。

"上一秒世界还光明，下一秒便黑暗，你害怕那一刻到来，可是久而久之，你会期待。"他说得如此故弄玄虚，"为什么会期待呢？我不能告诉你，需要你自己去感受。"

她果真很认真地去感受。黑夜如铁幕盖下，人世间的一切仿佛早已湮没在过往的历史中，有一种漫长的孤寂。在这种情景里，回忆之门打开，过去的人和事涌上心头，悲欢离合，喜怒哀乐，给生命以张力。

如果天空中没有云，还能看得到群星，这时人容易产生飞入宇宙的幻想，把生命的界限扩张得无穷无尽，继而填充各种感性的意义，偶尔也会被未知和冰冷湮没。未知是想象不足的恐惧，冰冷是实实在在的身体感受——太阳暂时熄灭了，遥远的恒星不再给予这颗行星温暖，寒冷随之而至，人们需要寻找庇护。

寻找庇护……

苗喵喵常常回忆儿时的家庭变故。说起来，那时虽然贫穷拮据，物质匮乏，可并不觉得生活很辛苦。妈妈脾气温和，爸爸性格开朗，对她宠爱有加。如果不是日照时间减少，为了节约开支，租了老旧的热储，自己的人生或许是另一幅光景。

那晚的记忆是她挥之不去的梦魇。她似乎听到了爆炸声，可把她叫醒的是父母的尖叫。她醒过来，身体被湿漉漉的棉被包裹，浓烟呛得她涕泪直流，皮肤滚烫。她努力睁开眼睛，又被大火刺得闭紧，条件反射致使她将身体缩进更湿漉漉的地带，直到意识完全模糊……再次醒来是因为她感受到了寒冷。

寒冷刺进骨头，她扭曲着身体，试图挣脱束缚。

她从结冰的被褥里爬出，看见两个冰雕抱着这条冰被，眼泪奔涌而出……那是她被烧得分辨不出面容的父母。她借着远处幽暗的灯光，看见温暖的家已经被烧成黝黑的窟窿，火焰已经被寒冷熄灭。她落下的眼泪凝成冰霜，无处不在的寒冷仍在侵蚀她的身体。她哭号着敲响一家又一家的门，死亡紧跟其后。

不知走出多远，不知敲了多少人家，她的双脚已僵硬，手臂失去知觉，身体的器官坚硬如铁，呼出的每一缕气息都是一根针。

她想放弃，想追随父母而去。眼前那扇门忽然打开了。光从一道口子被撕开，溢进这黑暗的世界。光的那边有一个身影，带着滚烫的气流涌出来，把她拽了进去。

她被他隔着被子抱住，被子上有一股味道，令她记住了很久。

苗喵喵没想到是不远处那个坏坏的小哥哥救了她。那个坏坏的小哥哥，经常调侃她，让她害怕。可那之后，小哥哥成了她最强大的庇护。

小哥哥是岑木木，把她拽出黑暗中的人，分他半张床的人，在她最无助的时候能抱着的人。

直到后来她的家重建，他才不和岑木木一起睡。她怀念那种感觉，为此每天跑去找他、黏他，成为他的小跟班。他说什么她都相信，他让她做什么她都愿意做。

她觉得这个世界上最明亮的人是他，最好玩最有趣的事是和他一切有关的事。

苗喵喵真怀念小时候的岑木木，那个大大咧咧但很有担当的男孩。虽然偶尔调皮，可总能给生活注入活力，让日子不再沉闷。如果不是生活所迫，他肯定是最阳光的那种人，潇潇洒洒、灿灿烂烂，像她喜欢的大诗人李白。

生活的刀口总是喜欢劈向那些昂首挺胸的人，在他最光彩夺目的年纪——通过天考去到太阳城，被无数人羡慕的时候，他的母亲患上了冰寒症——她亲眼看着他从最意气风发的少年被生活肆虐得彻底失去生机，眼中的明亮闪电熄灭成浑浊乌云，流星坠入大海，草木枯萎成泥，所有一切持续发生着无法遏制的流逝，抵挡不住时间的主序星演化成暗淡低温的红矮星。生命因与万物共振显得更加悲壮、凄凉，如铁的沉默自始至终如影随形，无法摆脱，也无法忽视。

她常因此为他哭泣，祈祷他的命运能不再坎坷，倘若古神话中的神祇真实存在，她甚至愿意牺牲自己的人生为他的生活增添些色彩。

好在他需要她。在他把存款留下，将他的妈妈托付给她时，她当即决定要把这件事做好。她早就下定决心，要与他共同承担生活的沉重。她甘愿在他身后，甘愿做他的影子。她对他的爱沉默无声，悠长深远。

战争的到来并不突然，在战争爆发之前，网络上就传着各种信息。网络无数的话语组成一张声音洪亮的大嘴巴，有时候骂地球人，有时候骂太阳城的人，有时候骂边缘世界的人。她不太喜欢理会这些。后来某天，有几艘战舰朝城市发起进攻，战舰被赶跑后，一支名叫地球守卫军的军队进入城市，医院被编入军队，她成为巨大战争机器上的零件。她随着部队移动，不知道去了多少地方，也数不太清打了多少仗，她的任务是护理从急救室出来的病人。

那个时候，死亡成了最常见的事，人的情感被放低到不足挂齿的程度。

在一次战争中，临时医院发生了一场大火，有些刚从前线抢回来的士兵在里面。对火的恐惧仍旧困扰着苗喵喵，可她想到里面有活生生的人，想到父母的勇敢，忽然也变得勇敢起来，跑进去拉出了一人。那人清醒后，看到是这么个小姑娘舍命相救，感谢过后，惭愧地说自己得了冰寒症，命不久矣。可是苗喵喵在检查中并没有发现他有冰寒症。

苗喵喵发觉了什么，立即投入研究，她学习不差，做这些不太困难，没过多久，她就发现将冰寒症的人用冰冷冻，再突然升温，会有一定的疗效。

因为这个发现成果，她被派到地火9号医学研究所。这里是地球上最先进的研究中心，其中一个项目便是对冰寒症的攻坚，长期没有突破。有了苗喵喵的发现，研究进入新阶段。没过多久，研究其实基本算是成功了，只要按照规定等临床试验的数量达标时，才能对外公布。

战争的结束比开始更突然。在结束之前，所有人都以为地球受不住了，那场战斗确实很紧张，入侵者发起前所未有的大进攻，据说还有一种超级武器。即便没有超级武器，地球守卫军也撑不了多久。眼看着要溃败，敌军忽然大撤退。过后他们才知道是敌军首领乘坐的母船被太阳舰队击落了。

她和大家拥到地面上。他见过全息AI模拟的生态环境中被大火灼烧得满是灰烬的草原，像极了眼前这些战争中留下的废墟——毁灭的另一头是新生，生活要重新开始了，一切充满希望。

参与研究的人员们需要等待的只剩嘉奖，唯独苗喵喵等不及了，要申请提前回去，也不告诉大家什么原因。她回到熊猫市的医院工作，战争津贴和研究奖励很丰富，还有先前积攒的工资，岑木木汇回来的钱，足够她过上很好的生活。而她只是离开了宿舍，买了一辆飞行车代步，每天回家居住，等待另一个人回家。

战后重建工作持续进行，资源得到重新分配，熊猫市上空悬浮着三座战舰，投下一层能量盾，即便是夜里，温度也不会太低，多穿点衣服就可以出门。

生活好像在变好……苗喵喵的心态也变得平静。不远处有一座新建的娱乐城，听说是军队做的生意。有意思，军队竟然做生意。有人说军队做生意是为了吸引更多人去地下城建设。娱乐城挺有意思的，各种玩乐主题，各种设备，适合各个年龄的人玩。苗喵喵喜欢去那里，却不玩，只是看着那些人的笑脸，看腻了就走路回家，逐渐成为一种习惯。

有一天回家时，她发现有人跟踪自己。经过路灯时她回头瞥了一眼，立马转身去追他。对方是个虚弱佝偻的男人，被她粗暴地摁倒。

她扯开他的帽子，扯开他的面罩，惊恐地发现是一张狰狞的脸……但她从那双眼睛认得出来是岑木木。

那场大战中，岑木木降落时，救生艇被击落，炸出熊熊大火。剩余不多的皮米机器卸掉了爆炸的力量，却无法阻挡火焰，他化成一个火人儿，带着火冲进冰夹雨，不一会儿被冻得四肢发麻。如果不是渴望回家，他肯定无法保持坚韧的求生欲，也不会扒下死人的衣服穿上，更不会用简陋的医疗设备把血肉缝合。

走出战场后，他满身烧伤和冻伤，嘴巴无法说话，耳朵也被烧坏，只有模糊的眼睛还能接收些现实世界的信息。

他自知身为敌军将领，无法去医院治疗，借着毅力偷渡几千公里，历尽千辛万苦才回到熊猫市，又躲躲藏藏了几十个日夜，才找到熟悉的街道。他确定了跟踪的模糊身影真的是苗喵喵，又确认安全后，立即沉沉睡去。

岑木木从温暖的睡梦中醒来，看见苗喵喵坐在床边的凳子上，趴在他身上睡着了。

他躺在床上，一张干净蓝色的被子，有股很好闻的味道……味道……他在大火中已经失去了味觉、嗅觉、听觉和触觉，甚至无法说话。他从街边的玻璃中见过一次自己的样貌，被吓得好几夜睡不着。他偏头看旁边的镜子，发现自己已经恢复如初，只有头发短了些……原来这是一场梦。

现实世界太痛苦了，战争好不容易结束了，结果他却要拖着残破的身躯躲躲藏藏，开始另一场更残酷的战争。他不想醒来，让梦境再漫长些吧。可是为什么这梦中只有苗喵喵？岑木木忽然发觉，这个小姑娘竟然是除了母亲，在自己生活中占据最大比重的人。

很多年前，他半夜惊醒，听到敲门声，还以为是网络上有人说的"冰雪交加的黑夜里夺人性命的太空幽灵"，可是透过门眼看见她时，对未知生物的恐惧荡然无存。那之后，她就成了生活中一个安静的跟屁虫，自己让她干啥就干啥——自己也利用这种信任让她干过不少调皮事。那个温和的小女孩，现在已经出落成一个亭亭玉立的大姑娘，来到他的梦中拯救他。

他看着她，不敢动弹，怕想象力弥补不出新场景时，梦境会突然结束。

她也醒来了，看见他笑着看自己，也笑了。或许她也知道这是一场梦，又睡了过去。梦是生活的一种弥补，在梦中可以放下现实中的所有沉重，享受内心的渴望。可没多久，她猛地直起身，看他的眼神从惊讶到狂喜，最后满眼热泪，抱着他哭了起来。在这蕴含着多种情愫的哭声中，他终于敢确认一种大胆的猜想——这不是梦。

苗喵喵哭完后，恢复了些平静。她说起两个月前见到岑木木的场景，她很确定那个人就是他，虽然他已面目全非。苗喵喵不知道他经历了什么，她只希望把他的痛苦分给自己一些。

苗喵喵把岑木木带到医院治疗，用自己的关系拿到最好的特效药，请来最好的专科医生，进行最先进的休眠式治疗。两个月来，岑木木都在休眠状态，被烧坏的表皮已逐渐脱离，细胞重新生长，其间还进行了多场手术，修复了受到严重伤害的器官。参与治疗项目的医生们都惊讶于岑木木身体的抗性，过去的战争中他们见过很多被烧伤又被冻伤的人，没有一个能在这么严重的伤势下活下来。他们深入检查时才发现，岑木木的身体里散布着很多微小的机器人，持续帮他修复身体的损伤。

"我知道你为什么能坚持下来。"苗喵喵决定先说他最在意的事，"我也想了好多天怎么告诉你，生老病死是人世间的常态。"

"是什么时候的事？"

"你走后的两三年，战争准备开始前。"

如果自己按照计划回来，其实还可以见到母亲。可惜生活不是计划。

"她走得痛苦吗？"

"不痛苦。"苗喵喵说，"你爸爸回来过一段时间，每天陪着她。"

那个男人在母亲最需要陪伴的时候回来过……岑木木好像一下子不那么恨他了。他恨自己。可是恨没有用，后悔没有用，时间没办法倒流。他感觉到的只是无力，无所适从，好像失去了适应这个世界的能力，从外到内，每一丝空气都令人窒息，每一个细胞都发出抗拒。他难受得咬牙，不知作何言语。

苗喵喵留下他母亲的遗物后离开，给他独处的空间。

岑木木压制住内心涌出的狂乱，打开小盒子，里面有一个微型全息录制仪，还有一枚样式古老的机械表。他戴上苗喵喵准备的全息眼镜，连接全息仪。

母亲是在家里录制的视频，那套养护装备也装上了。录制的内容挺多，母亲说早就知道他没了工作，也知道他要离开，可不明白为什么他离开后无法通信，希望他能早点回来。母亲说，她常常在梦中看见一望无际的原野，生态气候良好，万物野蛮生长，很奇怪，她从未到过那样的地方。慢慢地，她预感到自己时日无多了。母亲说，自己这一辈子也没啥遗憾的，尤其是把他养大成人……对她而言，养大他就是一个伟大的成就。

谈到死亡，母亲想到的还是自己："我确实不想那么快离开，可是要离开也没事。如果你看到这段信息，证明我已经不在了，或许你会哭，会很伤心，可是做完这些后，妈妈希望你能鼓起勇气面对生活。"

岑木木控制不住，眼泪唰唰流下，眼前的景象模糊。他脱下全息眼镜，打开裸眼模式，母亲的三维影像出现在房间中。她依旧那么淡然、平静，如一条温暖的大河，在和儿子最后的对话中留下活了一辈子的经验。

"……妈妈常常劝你结婚。结婚是古老的传统，被很多人摒弃，过去的时代甚至有半数人都不愿意走向婚姻。其实，我也不觉得非要走向婚姻人生才圆满，我可以接受你不结婚。我想要说的是，生活并非一帆风顺，你需要一个能陪伴你的人，那个人会在你最需要的时候给你一个拥抱，或者为你做一顿饭。当然，生活也有很多乐趣，这时你更需要一个人分享你的快乐，日子会在这些分享中更加有意义。陪伴你的人才最重要，结婚只是为这种陪伴举行的隆重仪式。"母亲说着说着就笑了，"我逼你去相亲，你竟然真去。难道你不明白吗？我最喜欢的其实是喵喵，在她身上，我看到了过去的自己……多好的一个人，学习好，性格好，那么年轻就是医生，无可挑剔啊。我逼你去相亲，其实是想测试你和喵喵怎么回事，我不认她做干闺女也是这个原因……喵喵心里有你，可惜你总是望着远处。当然，缘分是不可以强求的，就像我和你爸那样，谁知道突然就在一起，突然生下了你，然后一过好多年。

"过去的都可以看成虚构，生活要向前看。不论世界变得怎么样，不论太阳有没有熄灭，不论是不是还要打仗，生活都要继续。关于生活，我还有一个想法，就是要生一个孩子，当然，两三个也可以。我知道你们年轻人抗拒，其实我们年轻时也抗拒过，觉得这个鬼世界都这个样子了，繁衍子孙后代是不负责的行为。可当你有一个孩子，你会明白这不只是繁衍的任务，你会发现这个世界完全不一样了，起码还有人值得你牵挂。你还会发现，生孩子不仅仅是为了生一个孩子把他养活，也是为了让自己更好地活着，因为不只是你在照顾孩子，孩子也在照顾你。"妈妈停顿了一下，继续说，"以前你问过我生活的意义是什么，我觉得年轻人的心思不需要那么重，告诉你生活没有意义……其实啊，在妈妈的生活里，你就是最大的意义。妈妈的意思是说，你来到这个世界上，不只是妈妈给了你生命和生活，其实你也给了妈妈新的生命和生活。

"妈妈离开你后，你要把生活过好。我给你留了一个机械表，是你爸年轻时送给我的。那时候，你爸最喜欢机械表，他说，千百个精细复杂的零件配合，只为指向人世间最珍贵的东西：时间。我觉得时间本身不贵重，时间只有在生活中才得以体现价值，脱离了生活分文不值。

"说到你爸爸，你不要恨他。他没你想的那么糟糕，等时机成熟了，你会明白一切的，那时候你也能理解他了……"

…………

岑木木没有表现出很悲伤的模样，离开了病床，试着重新适应生活。他开始收拾房间，扫地做饭，看看书。在特效药和剩下的皮米机器的作用下，他的身体慢慢恢复如初。血肉上的伤痕愈合了，心中的伤痕却无法看见。

那场战争中，有很多流亡军没来得及逃进太空，渗透进了地球，地球守卫军对他们的抓捕持续至今。军队找到岑木木时，他并不惊讶，苗喵喵说她送他去医院时，他就猜到了自己会被查出。战争期间，他属于流亡军，而且还担任不小的军职。他做过有利地球的事，可是很难解释，随着温暖号炸裂，所有数据都荡然无存。况且他也不想解释了，他对未来生活不再抱有太大期望。

从医院回来的苗喵喵见到士兵押着他出来，急得和他们发生了冲突。士兵并不温柔，把她当成闹事的平民按在地上，用枪抵住她的脑门。她像只小猫挣扎，却没有再次扑向岑木木，而是跑回家中，出来时手上有一枚红十字荣誉勋章。

士兵用仪器识别后，立即对她敬礼。

苗喵喵把岑木木挡在身后，说不能带走他，否则就先枪毙自己，还说他不是叛徒，他都是被逼的。他从未跟她说过战争中的事，可她却无条件相信自己。

士兵无法抗拒命令，又不敢再对眼前这个有红十字荣誉勋章的女子动粗，场面僵持住了。岑木木按着苗喵喵的头。她温顺地回头，见他摇了摇头，明白了什么。她内心斗争了一下，还是听了他的话，让到一边，让士兵带走了他。

岑木木被关进了战争监狱，逃亡生涯自此画上了句号。

十　五

　　逃亡本是耻辱的事，现在却令他感到如释重负。

　　林小响很难评判那场战争的对错，从哪一方来看，不论发动战争还是反抗战争，都有自己的理由。战争没有对错，可身为人，一个思想健全的人，应该有对正义、良善的坚守，因此他并不因战败而感到挫败。可自己到底是不够果断，明明对戴雷德咬牙切齿，却要从岑木木手中救下他。

　　林小响帮助岑木木逃离后，自己也来到预留的救生艇，逃进太空中。接下来发生的状况已经不是他能预料的，温暖号开炮击毁了地球管理局空间站，然后被太阳方向发射而来的会拐弯的光线击中。他不知道发生了什么，也不想知道了。他驾驶着救生艇离开，方向是火星。他打算远离这一切，断绝所有关系，让过去的一切化为宇宙间的尘埃，找一座新的城市重新开始。

　　林小响已经重新隐瞒了自己的身份，找到了一份挖矿的工作。他想像过去一样，去挖一次矿，然后过一段浑浑噩噩的日子。他一直觉得生活不需要意义，也没有意义，得知戴雷德是自己的生父后，他试图告诉自己生活可能有意义，试着去为这种假设寻找依据。兜兜转转一圈，还是觉得像以前这样最安心。

战争的消息掩盖不住，传遍了整个太阳系。太阳世界的大多数人并不关注这事，在他们眼里，地球上的战争还不如自家狗跟别家狗打架重要。边缘世界非常关注，毕竟地球也属于边缘世界里比较重要的区域，虽然地球人觉得自己不属于边缘世界。此外，地球的敌人也是火星的敌人——那些以掠夺为生的核能城市，竟然有一天会被地面城市打败。

火星持续报道，转载地球胜利的消息，以此鼓舞核能城市的人反抗掠夺者。林小响在这些报道中看到了岑木木。他以敌方将领的身份出现在报道中，将在不久后连同其他将领一起接受审判。火星媒体预测，针对他们的审判多半会是死刑，即便没有死刑，也需要终身监禁。

温暖号上逃出去的人不多，或许只有林小响能证明岑木木做了什么。如果有人为岑木木澄清，他肯定会被当成大英雄宣传，地球现在需要塑造反抗英雄，火星也需要。

林小响继续收集消息，审判日期日益逼近，但还没有相关新闻。

接下来的几天，他想了很多。想到岑木木救了自己，想到和他创业，从大富大贵到突然间一无所有，又到被卷入战争，这样一路走来，他越来越觉得岑木木这个人不错，值得一辈子深交。他继续想，想到还没和他遇见时，那些百无聊赖的日子，无所事事、孤独堕落的日子，想到更久远的过去，和爷爷生活的时候，关于爷爷和爷爷教给他做人的道理。他想了很多很多，最后做出决定，乘坐飞船前往地球，找到军事基地，告诉他们自己的身份。

林小响自首后，要求见王真我。王真我记得他。

林小响把温暖号里发生的事告诉了对方，为岑木木澄清，但也把自己送上了审判庭。

这个新闻铺天盖地，传到火星，传遍边缘世界，甚至传到了太阳世界。

"听说太阳世界也有很多人知道我们的名字了。"岑木木说，"很多人赞扬我的勇气，也觉得你不错。你虽然作为反派人物出场，却是个有骨气的反派，魅力比我还大。你不会是为了出名才这样干的吧？"

"为什么不能呢？"林小响接过这个玩笑，"生命有限，但精神可以永不磨灭。"

"还有其他理由吗？"

"有。我最佩服你的，就是能为家人离开地球，去到火星的地下。在你身上我看到了人性的光辉，这个词可能不太适合，不过，感觉就是这么回事，你是我见过的人中，最了不起的那种。让我很羡慕。"

"可是我利用了你。"

"是我利用了你。"

"什么意思？"

"泄露我父亲的计划，以及很多情报，告诉你武器的弱点，给你的权限，送你皮米铠甲，都是我故意这么做的。"

"你知道我会那样做？"

"我不知道，我给了你那样做的机会，看你的选择。"

岑木木心中的震撼不言而喻。他发觉眼前这个朋友变得陌生了，原来他的城府那么深。

"为什么……呃，为什么这么做？"

"我很矛盾，一边是最好的朋友和道义，一边是父亲和权力，我不知道如何取舍，只能两边都帮助，去推动。"

"你要从你父亲手中救我，却又不让我杀你父亲，也是这个原因？"

"可能吧，我不知道怎么说……我很矛盾，这种矛盾持续到此时此刻。"林小响苦笑，"他摧毁了我的家园，可他又是我亲生父亲，能给我很多。从我意识到他做这一切，只是为了和那个女人的孩子，觉得很可笑，那么多人牺牲，竟然只是为了一个未来的皇帝……所以我要帮助你达成目的。可毕竟他还是我父亲，我没办法看你杀他。"

"能理解。"

"你不理解。"林小响的话无力却又坚定,"你不知道什么是真正的黑暗。等有朝一日你经历了我所经历的,你才有可能感同身受。"

"我觉得你是我朋友。"

"这突兀的深情让我感到温暖,不过你不要去帮我求情。"林小响说,"你才是故事的主角,成为你的配角,我挺开心的。你这个人值得。我的意思是,就算你不是主角,有你这朋友,我也很开心。求情没有用,况且我已经不再留恋这个世界。现在,我不想那么痛苦了,让我这个配角勇敢死去吧。"

岑木木听林小响述说了他的过去……

他被遗弃在核能城市,从小就学会爬进那些黑黝黝的洞口,用简陋的工具挖矿,用肩膀背出来换吃食,然后又背着吃的进得更深。有时候,挖到的东西会被抢走,他就得饿着肚子。他见过不少人被活活饿死。为了不被饿死,他去偷去抢,有时打得别人半死不活,有时被打得半死不活。在那样的环境中生活,长不成一个善良的人。直到遇上他爷爷,生活才有了一丝光亮。

爷爷也是一个挖矿的人,却没有那些人那么野蛮,他有自己的原则、信仰。虽然身处肮脏的矿洞,他却熟悉外面的世界。

爷爷教林小响知识,送林小响去读书,想把他养成另外一种人。林小响被爷爷的温和滋养,逐渐脱去了身上的戾气,逐渐长成了一个通情达理的人,也拥有远大志向,梦想着成为科学家,改变这个世界。虽然不知道科学家要如何去改变世界,但他坚信,只要足够努力,有足够多的知识,就能做到心中想的。

多年以后,林小响没有成为科学家,仍旧在挖矿。那时的他有朋友,和最好的朋友发现了那个铀矿脉,好朋友想独吞,要把他杀了,他反杀了他。他从此远离人群,不知道如何面对那个铀矿脉,浑浑噩噩好多年,工作只是为了消磨漫长无聊的人生。他觉得地下才是最安全的,他最喜欢在地下游荡,没想到机器坏了,岑木木出现,救了他。这事还没能让他把矿脉告诉岑木木，是听到他赚钱去救母亲，才装作是新发现的矿脉。他知道想留住亲人的感觉，他爷爷死去的时候就没钱，他不想让岑木木重演这个悲剧。他觉得守护是人世间最伟大的事。

可他再也没有要守护的人，爷爷早已不在人世，那个丢弃自己的母亲不值得——他现在已经不再想找她。戴雷德也不配。他慢慢感到生活的本质是虚无，他穷尽生活中的热情去对抗那种虚无。他寻找人生的价值，寻找爱的意义，寻找伴侣，寻找朋友，都是为了对抗，但是虚无一直存在，对抗时常乏力。直到他帮助岑木木澄清，让这个世界又多了一个好人，他才感觉那种虚无被某种意义填充了。正因如此，他可以坦然接受自己的人生在此停止，觉得再延长只是累赘。

说到这里，林小响忽然问道："你母亲怎么样？"

岑木木心中一震，顿了顿，说："我妈妈很好，我跟她说起了你，她很感谢你，说你是好人，想请你去我家吃饭。"

"你妈妈做饭肯定好吃。"林小响笑道，"以后钱不够了，你可以偷偷去挖那个富矿，但不要相信其他人。人不可信，比如你救了我，我却利用了你。此外，不要因为财富忘记自己是谁，生活本身才是最重要的，财富可以使生活更美好，也可以毁了生活。还有，照顾好家人。"

过后好多天，岑木木的情绪仍旧沉溺在与林小响的谈话中，他试图去理解林小响的绝望，却发现他并不绝望，而是有着一种接受生命归宿的坦然。或许这样说也不正确，毕竟没有人真能和另一个人感同身受。不过，和林小响的这次见面并未给他增添忧郁，反而让他对生活有了些新的期待……为何这样，他也理不清楚。

岑木木的英雄身份确定，所有人都对他毕恭毕敬，有专门的团队照顾他，他在地火9号得到一套住房，据说只是奖励的一部分。他每天忙于接受各种采访，他推托过一些，但听苗喵喵说战争刚结束，人们需要英雄给他们希望，他才继续接受。苗喵喵陪在他身边，几乎成了他的秘书，为他妥善安排行程。

有一天，苗喵喵说有个比较特殊的见面。

岑木木没当回事，去到见面地点——能瞭望整个地火9号的观景平台，见到了等待他的人，才发觉确实比较特殊。

"听说这两位英雄是朋友？"

说话的是郑远，他先前已经正式接见过岑木木，现在算是私下见面，语气比较轻松。

"当然，我们三个从小一起长大，是很好的朋友。"

赵芽挽着郑远的手，介绍岑木木和苗喵喵。

"苗喵喵被授予了红十字荣誉勋章，也是英雄。"王真我补充道。

"战争期间你颁发了那么多勋章，竟然记得那么清楚？"

"本来记不住，但她前段时间，来到这里举着红十字荣誉勋章，说要担保岑木木。"王真我说，"她说岑木木绝对不是叛徒，又拿不出证据，挺令人印象深刻。你是不是已经知道他做的事了？"

苗喵喵躲在岑木木身后，有点儿害羞地摇摇头，说："我只是相信他。"

"好在真相大白了。"郑远笑道，"差点误伤战友，不然我们两个都得去职了。"

大家一阵哄笑。岑木木也陪笑，他早知道赵芽在这里，也听说过她的成就，只是没想到见面这么突然。另一个突然之处是，好像没有想象中那样轻松，没有从小到大的好友再见面时无话不谈的氛围。

这次是非正式见面，他们告诉岑木木两个月后要举行隆重的全球表彰典礼，岑木木是被表彰人之一。领导地火计划的郑远、地球反抗军领导王真我、带领团队突破人造太阳技术难题的赵芽都在被表彰之列，他们都是改变了地球的人。

岑木木觉得自己无法担此殊荣，郑远和王真我又哈哈笑起来。

"我们确实改变了世界，可如果不是你，我们这个地球就炸了。"王真我说话不像是一个领导，已然没了先前的严肃，"我派了很多人去，连那个东西长什么样都不知道，没想到被你一个人解决了，这个奇迹简直可以记入人类史。"

谈话结束后，王真我单独留下岑木木，要和他说些事。

王真我站在护栏前，望着眼前开阔的空间，上层是模拟的蓝天白云，下层是真实的森林、草地、溪流。天上有一条恐怖的裂缝，正在被慢慢修补。本来早就应该修补好了，因为战争到来被迫搁置。世界中央，最大的半透明罩中，上百座建筑屹立，已经住进了第一批人。

"接下来的一百年，将陆陆续续有上万座这样的地底世界被建起，直到能住进所有地球人，地火计划才算真正成功。"

"伟大的计划。"岑木木赞叹道，"我们将迎来一个和平的时代。"

"每一个和平的时代，都是前人巨大牺牲的叠加。"

"这句话很准确。"

"你父亲说的。"

王真我见到林小响，得知岑木木做的事，验证之后亲自为他恢复名誉。这个过程中，他觉得岑木木这个名字有点眼熟，想了好几天，在睡梦中还在想。有一天，他从高处俯视地火9号，忽然想到了什么，去找到一个静默者的资料，发觉岑木木是那个人的儿子。

"你父亲的代号叫冰原狼，建造地下城市的先锋战士。战争初期，我们设了一个局去干扰李守阳的判断，需要有人去假装俘虏。俘虏要被处死，你父亲第一个站了出来。"王真我告诉了他真相，"之前他负责征召工作。你父亲也是领导者，可他总是冲在最前线。这次他本可以不去，可为了确保万无一失，他觉得自己必须带头，不然他不敢保证别人足够勇敢。"

"他还回熊猫市陪了我的母亲一段时间。"岑木木说道。

他不知道为什么说这个，他想到的就是这个。

"计划没开始前，他有一段时间，说想回家看看。"王真我说，"执行任务之前，他还有一个请求，就是看看地火9号，看看以后他的儿子能生活的地方。当时，他就在这里看，什么都没说。"

岑木木走到王真我身旁，站在他父亲以前站的地方。

"做我们这些事，容易连累家人，和家庭断绝关系是为了保护家人。他从未跟我们透露过家庭信息，但我们都知道他有个好妻子，还有个懂事的儿子。他说，他儿子不太理解他，不过也正常，毕竟他离家太多年了。天下有很多不了解父母的孩子，父母不会因为这些不了解而减少对他们的爱。那些爱可能具体，也可能遥远，但都真实存在着。"

十 六

"他说他爱你，但是还不能说，如果有一天能说却说不出来了，希望我告诉你。他怕你有负担，还让我告诉你，你做得很好，尤其能放弃去太阳城回来照顾你母亲，令他骄傲和欣慰。他说，他也想回家，可回家的次数越多，就会让你们越危险，他没有选择，希望你原谅他。"

赵芽把这些话告诉了岑木木。她母亲葬礼结束那晚，冰夹雨导致她无法离开，半夜有人敲门。她打开门，是岑木木的父亲。她一直以为他父亲待在太阳城，也帮岑木木寻找过他，没想到他一直留在地球上。

他父亲以静默者身份到来，告诉了她地火计划，恳求她回来帮忙，并请她保密。赵芽再一次从太阳城回来时，有点儿想告诉岑木木这事，只不过没联系到他。时隔几年，两人再次重逢，真相已经大白。

岑木木只是静静地聆听关于父亲的消息，没有说什么，他也不知道说什么。全球表彰典礼已经开始，大会场中有两千多位来自全球各地的代表，媒体也在进行全球直播。现在是郑远接受表彰，形式不复杂，先介绍被表彰者的事迹，阐述表彰理由，再由他和主持人对话，问题有的预先准备好了，主持人也会根据现场状况提出新的问题。

"这个表彰有意思，自己往自己脸上贴金。"

赵芽知道，岑木木说的是郑远。赢得战争后，郑远成了临时政府最高领导之一，却接受了自己管辖的组织给自己表彰。

"这个颓废的世界需要英雄。"赵芽说，"战争还没有结束，我们需要英雄指引。"

"你们什么时候在一起的？"

"没多久。"赵芽回答道。

她接着想到，岑木木应该是想问她为何跟他在一起。

"这些年谈过几个，都受不了我这个脾气。对我而言，他也算不上多理想的伴侣，可他是这个时代最耀眼的人，我好像没有理由不和他在一起。"

或许是由于原生家庭的影响，她性情很不稳定，常常爆发出一种莫名的情绪，感伤、阴郁、愤怒……她害怕自己变成怪物，把这些东西压抑在内心，可经常无法控制，变成疯疯癫癫的人。过去遇上的很多人，都因为她的喜怒无常远离她，只有和岑木木在一起时能稳定——郑远是唯一能取代岑木木的人。

郑远温和、包容，对她的情绪不是容忍——容忍最终都会导致爆发，她能感受到他是发自心底地接受她，把她的情绪接收再化解，像一台空气过滤器。和他相处让她感到无比安全，情绪也慢慢得以稳定。

"你和喵喵呢？"

"什么？"

"你们不是在一起了吗？"

"还没有。"

"那要抓紧机会了。"赵芽笑着鼓励道，"喵喵是个很不错的女孩。你关在监狱里时，她举着红十字勋章到处为你打抱不平。为你讨回公道，那需要多大的勇气啊？听说她原本不在乎那个在战争中作为医护人员的最高奖励，甚至连表彰典礼都没参加，可为了你，她用尽办法……那个小女孩，跟陌生人讲话都害羞，竟然敢站在那么多人面前大喊大叫。"

岑木木没有接话。听了一会儿台上的讲话，他才感慨道："一晃就过去了好多年，一晃生活就完全不一样了。你说以后还会怎么样呢？"

"以后……希望战争不会再来，希望越来越好吧。"

赵芽还想说什么，可郑远的讲话结束了。

她和岑木木道别，去出口迎接他。

接下来上台的是王真我，再接下来就轮到岑木木了。他以为自己不紧张，毕竟是经历过生死的人，接受一个表彰有什么可紧张的？可紧张不是恐惧，恐惧可以挡回去，紧张则会慢慢渗透。他尝试着把注意力放在王真我的讲话上。

"您牺牲了那么多，是如何坚持下来的？"主持人问。

"太阳即将熄灭，我们没有退路。"王真我回答道，"我父亲说，一盏灯熄灭，将会有无数盏灯亮起，一个战士倒下，千千万万战士将站起来。这是他对伟大计划的信心。太阳或许会熄灭，但我们内心的太阳永远明亮，我们将走向新的繁荣，我们生生不息。"

这话的语气让岑木木意识到自己要上台了。

他不太适应这样的场面，但他现在是一个大人了。成为一个大人不在于年龄，而是父母失去了应对生活的能力，或者离开了人世，需要你站在最前面。大人要学会适应种种状况，学会处理种大小事情，不能后退也不能冒进。他走上讲台，感受各种灯光的晃动，从容地回答问题，与主持人互动。表面淡定，内心却无比紧张，因此说一句忘一句。他下台后，已经记不得在台上讲了什么。不过，讲的都是得体的话、鼓舞人心的话、光宗耀祖的话，如果父母能见到听到，肯定为他骄傲。可是，他们把自己推进了新世界的大门，自己却留在了过去。

岑木木从讲台上走下，眼前有一条长长的昏暗的弧形廊道。

他独自走在空旷、封闭的廊道上，隔音效果好，身后的声音越来越淡。门关上后，声音一下子没了。他一下子思绪万千，感觉这条走道是人生之路，空旷漫长、寂静孤独。他忽然觉得有些恍惚，有些疲倦，又有些混乱。他走着走着，看见尽头有一个人在等待。

他应该早料到有人会等待。可此时此刻，他却感受到惊喜。有一股暖流涌入身体，冲刷了所有沉闷的、堵塞的东西。这些年的坎坷经历中，有许多值得在记忆中永久烙印的时刻，可现在这个平常的场面，竟然在他心底生出一种难以言说的隆重。

他大步走过去，在苗喵喵的惊愕下，用力抱住了她。

在这个拥抱中，岑木木有很多东西无声地塌向苗喵喵。苗喵喵没有感受到，以为是他得到嘉奖的喜悦。她安慰他说，讲得很好，然后带他从后场走到观众席。赵芽已经在台上，她带领的人造太阳取得突破，让地下城迎来新的时代，因此成为被嘉奖的一员。

"听说您那天手动完成的实验，您如何得到如此强大的计算能力？"

"其实我没有啥计算，只是瞎控制，只需要保持在一个范围。之前没有人敢那样做，仅仅是因为胆量不够，技术难度其实不高。"赵芽实话实说，"我也很害怕那个想法会失败。"

"您这个大胆的想法从哪儿来？"

"从最后一个哲学家那里来。"她说，"那天上班时，我遇上了一场混乱，混乱被暂时制止了。车上的一个哲学家在和别人的讨论时，说了些话。我已经不太记得具体说了些什么，可从他的话中，我意识到，我们总是想要完全控制巨型磁约束热电转化综合系统，可能是一种错误的思维。人造太阳不是要绝对稳定，根本不会绝对稳定，因为连真实的太阳本身都不是绝对稳定的，而是处于一个可接受的动态范围内，我根据这种思路重新设计实验……"

聊着聊着，赵芽从实验延伸到了生活："其实，我觉得，生活也是这样。生活不是绝对稳定，或者说不是按照你预先的想法，朝设定的轨迹走。生活唯一的轨迹只是向前，我们要勇敢向前。"

赵芽讲完，掌声雷动。她从那个长长的弧形走道下场。苗喵喵问要不要去接她。岑木木摇摇头，刚才他看见郑远过去了。

　　后面还有几个人受到表彰，都是为地球百姓或地火计划作出大贡献的人。表彰典礼还没结束，岑木木就拉着苗喵喵的手离开了。这是长大后，他第一次拉她的手，她乖乖跟着。他们来到海边，刚好到日落时刻。这是根据过去的图景模拟出来的海上落日，不像地面那样突然地熄灭，而是缓缓坠下——虚拟的太阳融进真实的海水中，天际的云被染成温暖的橘色，再高一点儿的云则泛出各种色彩。周边还有很多人在看落日，都不吵闹，享受着这来之不易的安详。

　　落日之后，他们也不着急回去。在地下城，即便到了晚上，温度也不会太低。他们沿着海岸慢慢走，聊起了很多事。

　　苗喵喵问道："你说，战争还会继续吗？"

　　岑木木想说有可能继续。可想了想，说："不会了吧？"

　　"那太阳会熄灭吗？"

　　"太阳熄不熄灭，生活都要继续。"岑木木说，又补充道，"我们会在这里生活，不害怕太阳熄灭。"

　　岑木木说起了在火星上的事，计划以后去采集铀矿，说带苗喵喵去。苗喵喵很开心，问了他很多外面的事。回家的路上问，做饭的时候问，吃饭的时候问，岑木木很有耐心地回答，甚至说有机会要带她去太阳城。

　　苗喵喵愣了一下，想到自己当年也通过了天考。可是看到岑木木一个人忙里忙外照顾地他母亲，不忍心，便隐瞒了成绩，留在了地球上。她学医学，也是出于这些考虑。岑木木问她怎么了，她笑了笑，摇摇头，没说什么。

　　晚上，她让他在大沙发上躺平，说要帮他按摩。

　　他问什么是按摩，她解释说，是一种古老的医疗手法，通过摩擦、揉捏身体部位，达到调节机体的目的。他不相信有什么神。她的手指在他头上来回走动、敲打，或重或轻，或刚或柔。

　　他觉得脑袋的瘀团一阵阵荡开。他忍不住夸赞她，问她是怎么学会的这种好技能的。

苗喵喵说，赵芽母亲出事那天，他忘记拿检查单了。她看过检查单，才知道他被偏头痛折磨。偏头痛病理复杂，太阳城或许有治疗技术，可对地球而言仍是难题。她便查询古籍，学习了这种古老的手法。

那天晚上，是岑木木得知母亲生病后的日子里，睡得最安稳、最漫长的一次觉。他做了一个梦，梦到他有钱了，买了大房子，但是没有机器人。家人一致认为机器人太聪明了，如果啥都被它整理得有条不紊，那生活还有啥意思。母亲的病已经治好了，正在逗两个孩子玩，一男一女，玩具散落一地。他和苗喵喵在厨房里做饭，试汤时，苗喵喵说有点咸，是他盐放多了。他却觉得刚刚好，两人因此斗嘴。忽然有人敲门，他去开门。

"爸爸，你回来了。"